可编程控制器原理及其应用

吴建强　姜三勇　编著

哈尔滨工业大学出版社

内 容 提 要

本书较系统地介绍了可编程控制器的基础知识、工作原理、程序设计方法以及在工程中应用的特点和应用的指导思想。通过一些短小、易读、实用、有趣的工程应用小例子,使读者对可编程控制器的编程和应用有一个很快的突破。

本书第一、二章介绍可编程控制器的工作原理;第三、四章分别介绍了日本松下可编程控制器 FP-1 的硬件结构和指令系统;第五章详细地讲述了可编程控制器的应用编程特点和一些编程的基本原则及编程方法和步骤。

本书可作为高等院校非电类各专业学生的教材,也可作为电气控制、计算机应用、机电一体化等专业工程技术人员的参考书。

责任编辑 孙连嵩

封面设计 卞秉利

出版发行 哈尔滨工业大学出版社

社 址 哈尔滨市南岗区复华四道街 10 号 邮编 150006

传 真 0451 - 86414749

网 址 http://hitpress.hit.edu.cn

印 刷 黑龙江省地质测绘印制中心印刷厂

开 本 787mm×1092mm 1/16 印张 8.75 字数 194 千字

版 次 1998 年 9 月第 1 版 2008 年 2 月第 6 次印刷

书 号 ISBN 7 - 5603 - 1339 - 6/TP·114

定 价 16.00 元

(如因印装质量问题影响阅读,我社负责调换)

前　言

可编程控制器(Programmable Logic Controller)作为一种通用的工业自动化装置，具有体积小、编程简单、抗干扰能力强、可靠性高等特点，目前在工业控制各个领域已得到广泛的应用。可编程控制器是机电一体化技术的核心技术，是现代工业控制的三大支柱(可编程控制器、机器人和计算机辅助设计/计算机辅助制造)之一。

可编程控制器是自动控制技术、计算机技术和通讯技术三者结合的高科技产品，现已被国内外广大工程技术人员所重视。在国内的一些高等院校已将可编程控制器引入教学。现在已有一些可编程控制器的技术图书出版，但大多数是以工程技术开发为目的而编写的，举例规模大，篇幅长，初学者很难读懂。这便给一些技术人员，尤其对于一些急于掌握可编程控制器的非电类专业的技术人员尽快入门带来一定困难。

哈尔滨工业大学电气工程系电工学教研室1995年面向全校的本科非电类各专业开出可编程控制器方面的课程。通过几年的教学实践，我们编写了这本教材。本教材的主要对象是本科非电类各专业的学生和机械、化工、动力类等专业的工程技术人员。其特点是重点突出，浅显易懂，打破了可编程控制器的神秘感。通过一些短小、易读、实用、有趣的工程应用小例子，使读者对可编程控制器的编程和应用有一个很快的突破。虽然书中以日本松下电工的 FP-1 小型可编程控制器为主讲机型，但照顾到了各种类型可编程控制器的一般结构、原理和编程特点。读了本书之后，触类旁通，对使用其它类型的可编程控制器也能够很快上手。

本书共分五章，其中第一、第二章由姜三勇编写；第三、第四、第五章和附录由吴建强编写。全书由韩明武老师审阅。

在编写过程中，日本松下电工公司驻华办事处提供了许多资料，在此表示衷心感谢。

由于编者水平有限，书中难免存在疏漏和错误，恳请读者批评指正。

作　者

1998 年 7 月

于哈尔滨工业大学

目　　录

第1章

概　述

　　可编程控制器是以微处理器为基础，综合计算机技术、自动控制技术和通讯技术而发展起来的一种新型工业控制装置。它将传统继电器控制技术和现代计算机信息处理两者的优点结合起来，成为工业自动化领域中最重要、应用最多的控制设备，并已跃居工业生产自动化三大支柱（可编程控制器、机器人、计算机辅助设计与制造）的首位。

　　本章首先介绍可编程控制器产生和发展的历史，然后介绍其功能、特点以及应用范围，目的是使读者对它有一个初步的、概要的了解。

1.1　可编程控制器的产生

一、可编程控制器的一般概念

可编程控制器（简称 PLC）是在继电器控制和计算机技术的基础上开发出来，并逐渐发展成以微处理器为核心，集计算机技术、自动控制技术及通讯技术于一体的一种新型工业控制装置。

在传统继电接触器控制系统中，要完成一个控制任务，需由导线将各种输入设备（按钮、控制开关、限位开关、传感器等）与由若干中间继电器、时间继电器、计数继电器等组成的具有一定逻辑功能的控制电路相连接，然后通过输出设备（接触器、电磁阀等执行元件）去控制被控对象动作或运行，这种控制系统称作接线控制系统，所实现的逻辑称为布线逻辑，即输入对输出的控制作用是通过"接线程序"来实现的。图 1.1.1.1 为继电器逻辑控制系统框图。在这种控制系统中，控制要求的变更或修改必须通过改变控制电路的硬接线来完成。因此，虽然其结构简单易懂，在工业控制领域中被长期广泛使用，但由于设备体积大、动作速度慢、功能单一、接线复杂、通用性和灵活性差，已愈来愈不能满足现代化生产中生产过程及工艺复杂多变的控制要求。

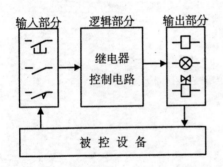

图 1.1.1.1　继电器逻辑控制系统框图

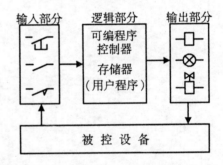

图 1.1.1.2　可编程序控制器控制系统框图

近年来，随着电子技术的高速发展，集计算机、仪器仪表、电器控制"三电"于一身的可编程控制器在概念、设计、性能/价格比及应用领域等方面都有了全新的突破。它改变原传统的"硬"接线程序控制方式为存储程序控制方式，即通过运行事先编制好、并存于程序存储器中的用户程序来完成控制功能，而控制要求改变时只需修改存储器中用户程序的部分语句即可。图 1.1.1.2 为以可编程控制器为核心的控制系统框图。

可编程控制器以其可靠性高、组合灵活、编程简单、维护方便等独特优势被日趋广泛地应用于国民经济的各个控制领域，它的应用深度和广度已成为一个国家工业先进水平的重要标志。

二、可编程控制器的产生和发展过程

可编程控制器产生于 60 年代末期，当时美国的汽车制造工业非常发达，竞争也十分激烈。各生产厂家为适应市场需求不断更新汽车型号,这必然要求相应的加工生产线亦随之改变,整个继电接触器控制系统也就必须重新设计和配置。这样不但造成设备的极大浪费,而且新系统的接线也十分费时。为了尽可能减少重新设计继电器控制系统和接线所需的成本和时间,1968 年美国最大的汽车制造商——通用汽车公司(GM)从用户角度提出了招标开发研制新一代工业控制器(可编程序逻辑控制器)的 10 条要求:

① 在使用者的工厂里,必须能以最短中断服务时间迅速而方便地对其控制的硬件(或设备)进行编程及重新进行程序设计。

② 所有的系统组件必须能够在工厂无特殊支持的设备、硬件及环境条件下运行。

③ 系统维修必须简单易行。在系统中应设计有状态指示器及插入式模块,以便在最短停车时间内使维修和故障诊断工作变得简单易行。

④ 由于工厂占用的空间耗费了一定的资金,所以控制硬件占用的空间必须比它所代替的继电器控制系统占用的空间要小。此外,与现在的继电器控制系统相比,可编程序逻辑控制器系统的耗能也应较少。

⑤ 可编程序逻辑控制器必须能够与中央数据收集处理系统进行通信,以便监视系统运行状态和运行情况。

⑥ 系统将能接收来自已有的标准控制系统中的按钮及限位开关的交流信号。

⑦ 该逻辑控制器的输出信号必须能够驱动以交流运行的电动机起动器及电磁阀线圈。每个输出量将设计为可启停和连续操纵具有额定电流的负载设备。

⑧ 控制硬件必须能以系统最小的变动及在最短的更换和停机时间内,从系统的最小配置扩展到系统的最大配置。

⑨ 在购买及安装费用上,可编程序逻辑控制器系统与先行使用的继电器和固态逻辑系统相比应更具有竞争能力。

⑩ 可编程序逻辑控制器的存储设备至少可被扩展到 4 000 个存储字节或存储单元的容量。

1969 年美国数字设备公司(DEC)根据上述要求,研制出世界上第一台可编程控制器,并在 GM 公司的汽车生产线上首次应用成功。

此后,这项新技术就迅速发展起来。1971 年,日本从美国引进了这项新技术,并很快研制成了日本第一台可编程控制器。1973 年,当时的西德和法国也研制出自己的可编程控制器。我国从 1974 年开始研制,并于 1977 年开始工业应用。

由于早期的可编程控制器只是用来取代继电器控制,执行逻辑运算、计时、计数等顺序控制功能,因此人们称之为可编程序逻辑控制器(Programmable Logic Controller),简称 PLC。

70 年代中期,随着微电子技术的发展,微处理器被用于 PLC,使之在原来逻辑运算功能基础上,增加了数值运算、数据处理和闭环调节等功能,运算速度提高,输入输出规模扩大,应用更加广泛。

美国电器制造商协会 NEMA 于 1980 年正式将其命名为可编程控制器(Programmable Controller),简称 PC。为了避免把可编程控制器与个人计算机(Personal Computer——PC)相混淆,有时仍习惯地将其称为 PLC。本书中统一采用 PLC 的表示方法。

随着大规模和超大规模集成电路等微电子技术的快速发展,以 16 位和 32 位微处理器构成的微机化 PLC 也得到了惊人的发展。不仅控制功能大大增强、可靠性进一步提高、功耗降低、体积减小、成本下降、编程和故障检测更加灵活方便,而且随着数据处理、网络通讯、远程 I/O 以及各种智能、特殊功能模块的开发,使 PLC 如虎添翼,不仅能出色地完成顺序控制,也能进行连续生产过程中的模拟量控制、位置控制等,还可实现柔性加工和制造系统(FMS),应用面不断扩大,为加速实现机电一体化和工业自动化提供了强有力的工具。

三、可编程控制器的定义

可编程控制器一直在迅速发展之中,因此直到目前为止,尚未对其下最后的定义。国际电工委员会(IEC)曾于 1982 年 11 月颁发了可编程控制器标准草案的第一稿, 1985 年 1 月又发表了第二稿, 1987 年 2 月颁布了第三稿,在其中对可编程控制器作了如下定义:

"可编程控制器是一种数字运算操作的电子系统,专为在工业环境下应用而设计。它采用可编程序的存储器,用来在其内部存储执行逻辑运算、顺序控制、定时、计数和算术运算等操作的指令,并通过数字式、模拟式的输入和输出,控制各种类型的机械或生产过程。可编程序控制器及其有关设备,都应按易于与工业控制器系统联成一个整体、易于扩充其功能的原则设计。"

该定义强调了可编程控制器(PLC)应直接应用于工业环境,因此必须具有很强的抗干扰能力、广泛的适应能力和应用范围。

1.2　可编程控制器的主要控制功能和特点

一、可编程控制器的主要功能

随着 PLC 技术的不断发展,目前已能完成以下控制功能:

1. 条件控制功能

条件控制(或称逻辑控制或顺序控制)功能是指用 PLC 的与、或、非指令取代继电器触点串联、并联及其他各种逻辑连接,进行开关控制。

2. 定时/计数控制功能

定时/计数控制功能就是用 PLC 提供的定时器、计数器指令实现对某种操作的定时或计数控制,以取代时间继电器和计数继电器。

3. 步进控制功能

步进控制功能就是用步进指令来实现在有多道加工工序的控制中,只有前一道工序完成后,才能进行下一道工序操作的控制,以取代由硬件构成的步进控制器。

4. 数据处理功能

数据处理功能是指 PLC 能进行数据传送、比较、移位、数制转换、算术运算与逻辑运算以及编码和译码等操作。

5. A/D 与 D/A 转换功能

A/D 与 D/A 转换功能就是通过 A/D 、 D/A 模块完成对模拟量和数字量之间的转换。

6. 运动控制功能

运动控制功能是指通过高速计数模块和位置控制模块等进行单轴或多轴控制。

7. 过程控制功能

过程控制功能是指通过 PLC 的 PID 控制模块实现对温度、压力、速度、流量等物理参数进行闭环控制。

8. 扩展功能

扩展功能是指通过连接输入/输出扩展单元（即 I/O 扩展单元）模块来增加输入输出点数，也可通过附加各种智能单元及特殊功能单元来提高 PLC 的控制能力。

9. 远程 I/O 功能

远程 I/O 功能是指通过远程 I/O 单元将分散在远距离的各种输入、输出设备与 PLC 主机相连接，进行远程控制，接收输入信号、传出输出信号。

10. 通讯联网功能

通讯联网功能是指通过 PLC 之间的联网、PLC 与上位计算机的链接等，实现远程 I/O 控制或数据交换，以完成系统规模较大的复杂控制。

11. 监控功能

监控功能是指 PLC 能监视系统各部分运行状态和进程，对系统中出现的异常情况进行报警和记录，甚至自动终止运行；也可在线调整、修改控制程序中的定时器、计数器等设定值或强制 I/O 状态。

二、可编程控制器的主要特点

1. 可靠性高、抗干扰能力强

为保证 PLC 能在工业环境下可靠工作，设计和生产过程中采取了一系列硬件和软件的抗干扰措施，主要有以下几个方面：

① 隔离，这是抗干扰的主要措施之一。PLC 的输入、输出接口电路一般采用光电耦合器来传递信号，这种光电隔离措施，使外部电路与内部电路之间避免了电的联系，可有效地抑制外部干扰源对 PLC 的影响，同时防止外部高电压串入，减少故障和误动作。

② 滤波，这是抗干扰的另一个主要措施。在 PLC 的电源电路和输入、输出电路中设置了多种滤波电路，用以对高频干扰信号进行有效抑制。

③ 对 PLC 的内部电源还采取了屏蔽、稳压、保护等措施，以减少外界干扰，保证供电质量。另外使输入/输出接口电路的电源彼此独立，以避免电源之间的干扰。

④ 内部设置连锁、环境检测与诊断、 Watchdog （"看门狗"）等电路，一旦发现故障或程序循环执行时间超过了警戒时钟 WDT 规定时间（预示程序进入了死循环），

立即报警，以保证 CPU 可靠工作。

⑤ 利用系统软件定期进行系统状态、用户程序、工作环境和故障检测，并采取信息保护和恢复措施。

⑥ 对用户程序及动态工作数据进行电池后备，以保障停电后有关状态或信息不丢失。

⑦ 采用密封、防尘、抗震的外壳封装结构，以适应工作现场的恶劣环境。

另外，PLC 是以集成电路为基本元件的电子设备，内部处理过程不依赖于机械触点，也是保障可靠性高的重要原因；而采用循环扫描的工作方式，也提高了抗干扰能力。

通过以上措施，保证了 PLC 能在恶劣的环境中可靠地工作，使平均故障间隔时间（MTBF）高，故障修复时间短。目前，MTBF 一般已达到 $(4\sim5)\times10^4$ h。

2. 功能完善、扩充方便、组合灵活、实用性强

现代 PLC 所具有的功能及其各种扩展单元、智能单元和特殊功能模块，可以方便、灵活地组合成各种不同规模和要求的控制系统，以适应各种工业控制的需要。

3. 编程简单、使用方便、控制程序可变、具有很好的柔性

PLC 继承传统继电器控制电路清晰直观的特点，充分考虑电气工人和技术人员的读图习惯，采用面向控制过程和操作者的"自然语言"——梯形图为编程语言，容易学习和掌握。PLC 控制系统采用软件编程来实现控制功能，其外围只需将信号输入设备（按钮、开关等）和接收输出信号执行控制任务的输出设备（如接触器、电磁阀等执行元件）与 PLC 的输入、输出端子相连接，安装简单、工作量少。当生产工艺流程改变或生产线设备更新时，不必改变 PLC 硬设备，只需改编程序即可，灵活方便，具有很强的"柔性"。

4. 体积小、重量轻、功耗低

由于 PLC 是专为工业控制而设计的，其结构紧密、坚固、体积小巧，易于装入机械设备内部，是实现机电一体化的理想控制设备。

1.3　可编程控制器的应用概况及发展趋势

一、可编程控制器的应用范围

随着微电子技术的快速发展，PLC 的制造成本不断下降，而其功能却大大增强。目前在先进工业国家中 PLC 已成为工业控制的标准设备，应用面几乎覆盖了所有工业企业，诸如钢铁、冶金、采矿、水泥、石油、化工、轻工、电力、机械制造、汽车、装卸、造纸、纺织、环保、交通、建筑、食品、娱乐等各行各业，日益跃居现代工业自动化三大支柱（PLC、ROBOT、CAD/CAM）的主导地位。

自从美国研制出世界第一台 PLC 以来，德国、日本等许多国家也相继开发出各自的产品，并受到工业界的普遍欢迎。美国著名的商业情报公司 FROST SULLIVAN 公司在 1982 年曾对该国的石油、化工、冶金、机械等行业的 400 多个工厂企业进行统计调查，结果表明 PLC 在企业中的应用相当普及（见表 1.3.1）。PLC 销售额的年增长

率超过 20%。

表 1.3.1　各种工业控制设备的使用情况

工业自动化设备	名次	所占%
可编程控制器	1	82
自动化仪表	2	79
计算机控制	3	43
专用控制器	4	36
数据采集系统	5	27
能源管理系统	6	24
自动材料处理系统	7	23
分散控制系统	8	22
自动检查与测试	9	18
数控（DNC 和 CNC）	10	15
材料供应计划系统	11	14
传送机械	12	9
CAD/CAM	13	8
机器人、机器手	14	6

二、PLC 的主要应用类型

可编程控制器所具有的功能，使它既可用于开关量控制，又可用于模拟量控制；既可用于单机控制，又可用于组成多级控制系统；既可控制简单系统，又可控制复杂系统。它的应用可大致归纳为如下几类：

1. 逻辑控制

逻辑控制是 PLC 最基本、最广泛的应用方面。用 PLC 取代传统继电器系统和顺序控制器，实现单机控制、多机控制及生产自动线控制，如各种机床、自动电梯、高炉上料、注塑机械、包装机械、印刷机械、纺织机械、装配生产线、电镀流水线、货物的存取、运输和检测等的控制。

2. 运动控制

运动控制是通过配用 PLC 生产厂家提供的单轴或多轴等位置控制模块、高速计数模块等来控制步进电机或伺服电机，从而使运动部件能以适当的速度或加速度实现平滑的直线运动或圆周运动。可用于精密金属切削机床、成型机械、装配机械、机械手、机器人等设备的控制。

3. 过程控制

过程控制是通过配用 A/D、D/A 转换模块及智能 PID 模块实现对生产过程中的温度、压力、流量、速度等连续变化的模拟量进行单回路或多回路闭环调节控制，使这些物理参数保持在设定值上。在各种加热炉、锅炉等的控制以及化工、轻工、食品、制药、建材等许多领域的生产过程中有着广泛的应用。

4. 数据处理

有些 PLC 具有数学运算（包括逻辑运算、函数运算、矩阵运算等）、数据的传输、转换、排序、检索和移位以及数制转换、位操作、编码、译码等功能，可以完成数据的采集、分析和处理任务。这些数据可以与存储在数据存储器中的参考值进行比较，也可传送给其他的智能装置，或者输送给打印机打印制表。数据处理一般用于大、中型控制系统，如数控机床、柔性制造系统、过程控制系统、机器人控制系统等。

5. 多级控制

多级控制是指利用 PLC 的网络通讯功能模块及远程 I/O 控制模块可以实现多台 PLC 之间的链接、PLC 与上位计算机的链接，以达到上位计算机与 PLC 之间及 PLC 与 PLC 之间的指令下达、数据交换和数据共享，这种由 PLC 进行分散控制、计算机进行集中管理的方式，能够完成较大规模的复杂控制，甚至实现整个工厂生产的自动化。

三、可编程控制器的发展趋势

目前 PLC 技术发展总的趋势是系列化、通用化和高性能化，主要表现在：

(1) 在系统构成规模上向大、小两个方向发展

发展小型（超小型）化、专用化、模块化、低成本 PLC 以真正替代最小的继电器系统；发展大容量、高速度、多功能、高性能价格比的 PLC，以满足现代化企业中那些大规模、复杂系统自动化的需要。

(2) 功能不断增强，各种应用模块不断推出

大力加强过程控制和数据处理功能，提高组网和通信能力，开发多种功能模块，以使各种规模的自动化系统功能更强、更可靠，组成和维护更加灵活方便，使 PLC 应用范围更加扩大。

(3) 产品更加规范化、标准化

PLC 厂家在使硬件及编程工具换代频繁、丰富多样、功能提高的同时，日益向 MAP（制造自动化协议）靠拢，并使 PLC 基本部件，如输入输出模块、接线端子、通讯协议、编程语言和工具等方面的技术规格规范化、标准化，使不同产品间能相互兼容、易于组网，以方便用户真正利用 PLC 来实现工厂生产的自动化。

第2章
可编程控制器的结构和工作原理

PLC 作为一种新型的工业控制装置，在科研、生产、社会生活的诸多领域中得到了愈来愈广泛的应用。要正确、合理地应用 PLC 去完成各种不同的控制任务，首先应了解它的结构特点和工作原理，这对以后应用程序的设计和编制有着很重要的意义。

本章从 PLC 的基本结构和工作过程出发，着重分析了 PLC 的扫描工作原理以及输入、输出（即 I/O）响应的问题；介绍了 PLC 主要构成部件的作用、PLC 的编程形式、PLC 的主要技术指标、PLC 的类型等；还对 PLC 与其他类型的工业控制系统进行了比较。

2.1 可编程控制器的系统组成及各部分的功能

一、可编程控制器的系统结构

PLC 是以微处理器为核心的电子系统，虽然各厂家产品种类繁多，功能和指令系统存在差异，但其结构和工作原理大同小异。它一般主要由中央处理单元 CPU、存储器、输入/输出接口、电源、I/O 扩展接口、外部设备接口、编程器等几个主要部分构成，如图 2.1.1.1 所示。如果把 PLC 本身看作一个系统，外部的各种开关信号、模拟信号、传感器信号均作为 PLC 的输入变量，它们经 PLC 的输入接口输入到内部数据寄存器，然后在 PLC 内部进行逻辑运算或数据处理后，以输出变量的形式送到输出接口，从而驱动输出设备进行各种控制。

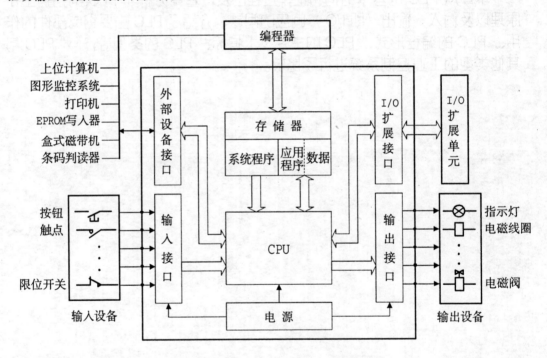

图 2.1.1.1 PLC 硬件系统结构图

二、可编程控制器各部分的作用

1. CPU

CPU 作为整个 PLC 的核心起着总指挥的作用，是 PLC 的运算和控制中心。它的主要任务是：

① 诊断 PLC 电源、内部电路的工作状态及编制程序中的语法错误。

② 用扫描方式采集由现场输入装置送来的状态或数据，并存入输入映象寄存器或数据寄存器中。

③ 在运行状态时，按用户程序存储器中存放的先后顺序逐条读取指令，经编译解

释后，按指令规定的任务完成各种运算和操作，根据运算结果存储相应数据，并更新有关标志位的状态和输出映象寄存器的内容。

④ 将存于数据寄存器中的数据处理结果和输出映象寄存器的内容送至输出电路。

⑤ 按照 PLC 中系统程序所赋予的功能接收并存储从编程器输入的用户程序和数据，响应各种外部设备（如编程器、打印机、上位计算机、图形监控系统、条码判读器等）的工作请求。

2. 存储器

PLC 内部的存储器有两类：

一类是系统程序存储器，用以存放系统程序（包括系统管理程序、监控程序、模块化应用功能子程序以及对用户程序做编译处理的编译解释程序等）。系统程序根据 PLC 功能的不同而不同。生产厂家在 PLC 出厂前已将其固化在只读存储器 ROM 或 PROM 中，用户不能更改。

另一类是用户存储器，包括用户程序存储区及工作数据存储区。其中的用户程序存储区主要存放用户已编制好或正在调试的应用程序；工作数据存储区则包括存储各输入端状态采样结果和各输出端状态运算结果的输入/输出(I/O)映象寄存器区（或称输入/输出状态寄存器区）、定时器/计数器的设定值和经过值存储区、各种内部编程元件（内部辅助继电器、计数器、定时器等）状态及特殊标志位存储区、存放暂存数据和中间运算结果的数据寄存器区等等。这类存储器一般由随机存取存储器 RAM 构成，其中的存储内容可通过编程器读出并更改。为了防止 RAM 中的程序和数据因电源停电而丢失，常用高效的锂电池作为后备电源，锂电池的寿命一般为 3~5 年。

PLC 产品手册中给出的存储器类型和容量是针对用户程序存储器而言的。

3. 输入/输出接口

输入/输出（I/O）接口是将 PLC 与现场各种输入、输出设备连接起来的部件（有时也被称为 I/O 单元或 I/O 模块）。

输入接口通过 PLC 的输入端子接受现场输入设备（如限位开关、操作按钮、光电开关、温度开关等）的控制信号，并将这些信号转换成 CPU 所能接受和处理的数字信号。图 2.1.2.1 是 PLC 的输入接口电路与输入控制设备的连接示意图（直流输入型）。从图中可以看到，输入信号是通过光电耦合器件传送给内部电路的，输入信号与内部电路之间并无电的联系，通过这种隔离措施可以防止现场干扰串入 PLC。

输出接口则相反，它将经 CPU 处理过的输出数字信号（1 或 0）传送给输出端的电路元件，以控制其接通或断开，从而驱动接触器、电磁阀、指示灯等输出设备获得或失去工作所需的电压或电流。为适

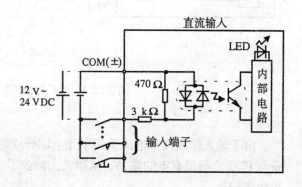

图 2.1.2.1 PLC 的输入接口电路（直流输入型）

应不同类型的输出设备负载，PLC 的输出接口类型有三种：继电器输出型、晶闸管输出型和晶体管输出型，分别如图 2.1.2.2 、图 2.1.2.3 、图 2.1.2.4 所示。其中继电器输出型为有触点输出方式，可用于接通或断开开关频率较低的直流负载或交流负载回路，这种方式存在继电器触点的电气寿命和机械寿命问题；晶闸管输出型和晶体管输出型皆为无触点输出方式，开关动作快、寿命长，可用于接通或断开开关频率较高的负载回路，其中晶闸管输出型常用于带交流电源负载，晶体管输出型则用于带直流电源负载。

从三种类型的输出电路可以看出，继电器、晶闸管和晶体管作为输出端的开关元件受 PLC 的输出指令控制，完成接通或断开与相应输出端相连的负载回路的任务，它们并不向负载提供工作电源。负载工作电源的类型、电压等级和极性应该根据负载要求以及 PLC 输出接口电路的技术性能指标确定。

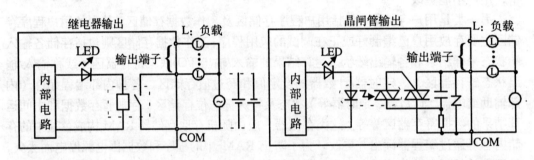

图 2.1.2.2　PLC 的继电器输出接口电路　　　　图 2.1.2.3　PLC 晶闸管输出接口电路

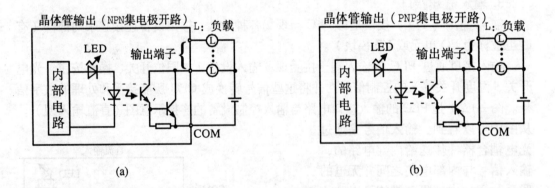

(a)　　　　　　　　　　　　　　　　　　(b)

图 2.1.2.4　PLC 的晶体管输出接口电路

由于输入输出接口电路采用了光电耦合或继电器隔离电路，使现场的输入、输出设备与 PLC 之间没有电的联系，从而大大减少了电磁干扰，这是提高 PLC 可靠性的关键措施之一。

4. 电源

PLC 的电源是指将外部输入的交流电经过整流、滤波、稳压等处理后转换成满足 PLC 的 CPU、存储器、输入输出接口等内部电子电路工作需要的直流电源电路或电源模块。输入、输出接口电路的电源彼此相互独立，以避免或减小电源间干扰。

现在许多 PLC 的直流电源采用直流开关稳压电源，这种电源稳压性能好、抗干扰能力强，不仅可提供多路独立的电压供内部电路使用，而且还可为输入设备或输入端的传感器提供标准电源。

5．编程器

编程器是人与 PLC 联系和对话的工具，是 PLC 最重要的外围设备。用户可以利用编程器来输入、读出、检查、修改和调试用户程序，也可用它监视 PLC 的工作状态、显示错误代码或修改系统寄存器的设置参数等。除采用手持编程器编程和监控外，还可通过 PLC 的 RS232C 外设通讯口（或 RS422 口配以适配器）与计算机联机，并利用 PLC 生产厂家提供的专用工具软件，来对 PLC 进行编程和监控。相比起来，利用计算机进行编程和监控往往比手持编程工具更加直观和方便。一般来说，一台手持编程器可以用于同系列的其他 PLC，做到一机多用。

6．I/O 扩展接口

若主机（基本单元）的 I/O 点数不能满足输入输出设备点数需要时，可通过此接口用扁平电缆线将 I/O 扩展单元与基本单元相连，以增加 I/O 点数。

7．外部设备接口

外部设备接口可将编程器、上位计算机、图形监控系统、打印机、条码判读器等外部设备与主机 CPU 连接，以完成相应操作。

2.2 可编程控制器的基本工作原理

一、PLC 的工作方式和工作过程

PLC 虽然以微处理器为核心，具有微机的许多特点，但它的工作方式却与微机有很大不同。微机一般采用等待命令和中断的工作方式，如常见的键盘扫描方式或 I/O 扫描方式，当有键按下或 I/O 动作，则转入相应的子程序或中断服务程序，无键按下，则继续扫描等待。

PLC 则是采用"顺序扫描、不断循环"的方式进行工作的。当 PLC 运行时，CPU 根据用户按控制要求编制好并存于用户存储器中的程序，按指令步序号作周期性的程序循环扫描，如果无跳转指令，则从第一条指令开始逐条顺序执行用户程序，直到程序结束，然后重新返回第一条指令，开始下一轮新的扫描。在每次扫描过程中，还要完成对输入信号的采样和对输出状态的刷新等工作。如此周而复始。

PLC 的工作过程大体可分为输入刷新、程序执行、输出刷新三个阶段，并进行周期性循环，如图 2.2.1.1 所示。

1．输入刷新阶段

PLC 在输入刷新阶段，首先以扫描方式按顺序从输入锁存器中读入所有输入端子的

通断状态或输入数据,并将其存入(写入)内存中各对应的输入状态映象寄存器中,这一过程称为输入采样或输入刷新。随后关闭输入端口,进入程序执行阶段。在程序执行阶段,即使输入端状态有变化,输入状态映象寄存器中的内容也不会改变。变化了的输入信号状态只能在下一个扫描周期的输入刷新阶段被读入。

2. 程序执行阶段

PLC 在程序执行阶段,按用户程序顺序扫描执行每条指令,所需的执行条件可从输入状态映象寄存器中和元件状态寄存器(存有辅助继电器、定时器、计数器、输出继电器等 PLC 各种内部元件的状态)中读入,经过相应的运算处理后,将结果再写入元件状态映象寄存器中。因此,对于每一个元件来说,元件状态映象寄存器中所存的内容会随着程序的执行进程而改变。

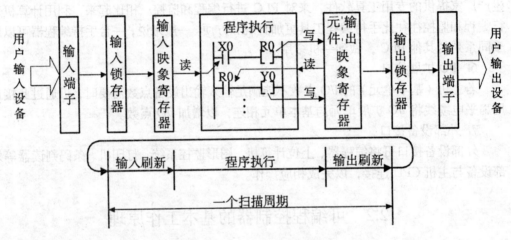

图 2.2.1.1　PLC 的扫描工作过程

3. 输出刷新阶段

当程序所有指令执行完毕,输出状态映象寄存器(元件状态映象寄存器中对应输出继电器的部分)的通断状态在 CPU 的控制下被一次集中送至输出锁存器中,并通过一定输出方式输出,推动外部相应执行元件工作,这就是 PLC 的输出刷新。

经过输入刷新、程序执行和输出刷新这三个阶段,完成一个扫描周期。这个过程以同一方式反复重复称为循环扫描工作方式。在循环扫描工作方式中,由于输入刷新过程是在输出刷新过程后马上进行的,有时为了简便起见,将输入刷新和输出刷新过程统称为 I/O 刷新。实际上,除了执行程序和 I/O 刷新外,可编程控制器还要进行各种错误检测(自诊断功能)和与编程工具等外部设备通讯,这些操作称为"监视服务",在程序执行后进行。

由于扫描时间定义为完成一次扫描所需时间,故一个扫描周期(I/O 刷新、程序执行和监视服务)的长短主要取决于三个因素:一是 CPU 执行指令的速度;二是每条指令占用的时间;三是执行指令条数的多少,即用户程序的长短。

由于采用这种集中采样、集中输出的方式，使得在每一个扫描周期中，PLC 只对输入状态采样一次，对输出状态更新一次，在一定程度上降低了系统的响应速度，即存在输入/输出滞后的现象。图 2.2.1.2 是输入/输出响应延迟的实例。

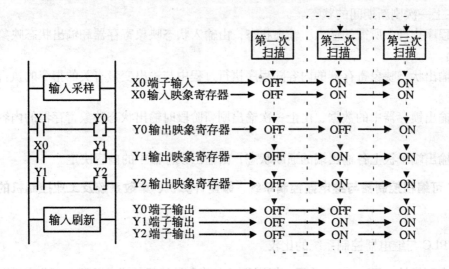

图 2.2.1.2   PLC 输入/输出的响应延迟

第一次扫描：由于 X0 输入映象寄存器是 OFF ，则所有输出 Y0 、Y1 、Y2 均处于 OFF 状态。

第二次扫描：在输入采样阶段，由于 X0 输入映象寄存器由 OFF 转为 ON ，则 Y1 输出映象寄存器在执行程序后变为 ON ，同时 Y2 输出映象寄存器也变为 ON 。输出刷新后在输出端子上 Y0=OFF 、Y1=ON 、Y2=ON 。

第三次扫描：由于 Y1 输出映象寄存器为 ON ，所以执行程序后 Y0 也变为 ON 。

由上述循环扫描过程可见，在输入条件接通后，输出将出现响应延迟。最大延迟时间有可能占 2~3 个扫描周期时间，所以响应延迟时间与程序长度、指令执行速度有关。

实际上，输入/输出滞后现象除与上面所说 PLC 的集中输入/输出刷新、程序循环扫描执行方式有关外，还与输入电路滤波器的时间常数以及继电器输出方式中输出继电器的机械滞后有关。一般地，PLC 几毫秒乃至几十毫秒的响应延迟，对响应速度要求不高的普通工业系统或设备的控制来讲是无关紧要的，或者说，这些滞后现象是完全允许的。但在那些需要输出对输入做出快速反应的高速系统或设备的控制中则不能忽视，必须通过合理选择机型（例如应考虑选用具有快速响应、高速计数及中断处理功能，而且指令执行速度高的 PLC ）和精心设计程序加以解决。

虽然 PLC 的扫描工作方式使系统的响应速度受到一定的影响，但从另外一个角度却大大提高了系统的抗干扰能力，使可靠性增强。这也是 PLC 的一个特殊的优点。

二、PLC 对输入/输出的处理规则

根据上述工作特点，可以总结出，PLC 在输入/输出处理方面遵循以下规则：

① 输入状态映象寄存器中的数据，取决于与输入端子板上各输入端相对应的输入锁存器在上一次刷新期间的状态。

② 程序执行中所需的输入、输出状态，由输入状态映象寄存器和输出状态映象寄存器读出。

③ 输出状态映象寄存器的内容随程序执行过程中与输出变量有关的指令的执行结果而改变。

④ 输出锁存器中的数据，由上一次输出刷新阶段时输出状态映象寄存器的内容决定。

⑤ 输出端子板上各输出端的通断状态，由输出锁存器中的内容决定。

三、可编程控制器与继电器控制系统、微型计算机、集散系统及工业控制机的比较

1. PLC 与继电器控制系统的比较

① 在可靠性方面，PLC 采用大规模集成电路和计算机技术，以面向工业应用现场的需要而设计，因此可靠性高、功能强、体积小、功耗低，有故障自诊断功能，维护简便；继电器控制系统结构虽简单清晰，但机械触电多、连线复杂，故障检查及设备维修比较麻烦，另外体积大、耗能多。

② 在适应性和通用性方面，要实现某种控制时，继电器线路是通过许多真正的"硬"继电器和它们之间的硬接线达到的，控制功能包含在固定线路之中，功能专一，系统扩充，改装必须变更硬接线，重新设计、重新配置，灵活性差；而 PLC 采用软件编制程序来完成控制任务，编程时所用到的继电器为内部"软"继电器（其触点数量无限，使用次数任意），外部只需在端子上接入相应的输入输出信号线即可。系统在 I/O 点数及内存允许范围内，可自由扩充，并且可用编程器在线或离线修改程序，以适应系统控制要求的改变，因此同一 PLC 不改变硬件，仅改软件，就可适应各种控制，灵活多变，通用性强。另外 PLC 一般都具有强制和仿真作用，故程序的设计、修改和调试都很方便、安全，可大大缩短系统设计和投运周期。

③ 在工作方式上，继电器控制系统是并行的，或者说是同时执行的，即该吸合的继电器同时吸合，因此为达到某种控制目的，而又要安全可靠，需设置许多具有制约关系的联锁电路；PLC 控制系统是串行的，各软继电器处于周期性循环扫描中，受同一条件制约的继电器动作顺序决定于程序扫描顺序，不存在几个支路并列同时动作的因素，故控制设计可大大简化（由于 PLC 执行程序的时间一般比继电接触器机械触点动作时间要短，而且采用集中输出的方式，有时为保证输出端负载动作可靠，需在软件编程中将联锁条件编制进去）。

④ 新一代 PLC 除具有远程通讯联网功能以及易于与计算机接口实现群控外，还可通过附加高性能模块对模拟量进行处理，从而实现各种复杂的控制功能，这些对于布线

逻辑的继电器控制系统是无法办到的。

⑤ 在经济上，一般认为在使用少于 10 个继电器的装置中，继电器控制系统比较经济；在需要 10 个以上继电器的场合，使用 PLC 比较经济。

2. PLC 与微型计算机的比较

PLC 虽采用了计算机技术和微处理器，但它与计算机相比又具有明显特点：

① PLC 是专为适应工业控制恶劣环境而设计的，因而着眼于高可靠性和高抗干扰性，自身坚固密封，它没有一般用于科学计算和管理的微机必须具备的环境要求。

② PLC 采用面向控制过程的逻辑语言，以继电器逻辑梯形图为表达方式，形象直观、编程操作简单，可在较短时间内掌握它的使用方法和编程技巧，设计调试周期短。

③ PLC 采用循环扫描的工作方式，其输入/输出存在响应滞后，速度较慢，对于快速系统，其使用受扫描速度的限制；微机一般采用等待命令工作方式，运算和响应速度快。

④ PLC 一般采用模块化结构，可以针对不同的对象和控制需要进行组合和扩展，比起微型计算机来有很大的灵活性和很好的性能价格比，维护修理更简便。

⑤ 在同一系统中，一般 PLC 集中在功能控制方面，而微型机作为上位机集中在信息处理和 PLC 网络的通讯管理上，两者相辅相成。

3. PLC 与集散系统的比较

① PLC 与集散系统（分布式计算机系统）都属于自动化控制设备，它们分别由两种不同的传统设备发展而来。PLC 是由继电器逻辑控制系统发展而来，它在开关量处理及顺序控制功能方面具有一定优势；集散系统是由回路仪表控制系统发展而来，它在模拟量处理及回路调节功能方面具有一定优势。

② 随着微电子技术、大规模集成电路芯片技术、计算机技术、通讯技术等的发展以及在这两种设备中的应用，它们都在向对方扩展自己的技术功能。

PLC 在 60 年代末问世之后，于 70 年代进入了实用阶段，尤其是 8 位微处理器和各种位片处理器的出现及半导体存储器的发展，使它在技术上产生了飞跃，在初期的简单逻辑运算功能的基础上，增加了数值运算和闭环调节功能，运算速度提高、输入输出规模扩大，并可组网或与小型计算机相连，构成以 PLC 为重要部件的初级分散型控制系统。

集散系统问世于 70 年代初期，它随着微处理器（特别是单片机）的出现以及通讯技术的成熟而得到迅速发展。它在初期的回路调节功能的基础上，把顺序控制、数据采集、过程控制的模拟量仪表、过程监测等装置有机地结合在一起，形成了满足各种不同要求的新一代集散型控制系统。

③ 不论是 PLC 还是集散系统，在发展过程中，始终是互相渗透、互为补充。当今的 PLC 已增强了模拟量控制功能，可配备各种智能模板或模块，具有 PID 调节功能和构成网络系统、组成分级控制的功能；集散系统现在既有单回路控制功能，也有多回路控制功能，同时也具有顺序控制功能。

④ 目前，PLC 与集散系统的发展越来越接近，很多工业生产过程的控制功能，既可以用 PLC 实现，也可以用集散系统实现。综合 PLC 和集散系统各自优势，并把两者有机地结合起来，形成一种新型的全分布式的计算机控制系统。

4．PLC 与工业控制计算机的比较

① PLC 是从针对工业顺序控制并扩大应用而发展起来的，一般是由电气控制器的制造厂家研制生产，其硬件结构专用，标准化程度低，各厂家的产品不通用。

工业控制计算机是指能够与现场工业控制对象的传感器、执行机构直接接口，能够提供各种数据采集和控制功能，能够在恶劣的工业环境中可靠运行的计算机系统，简称工业控制机或工控机。工业控制机是由通用微机推广应用发展起来的，一般由微机厂、芯片及板卡制造厂开发生产。它在硬件结构方面的突出优点是总线标准化程度高，产品兼容性强。

② PLC 的运行方式与工业控制机不同，它对逻辑顺序控制很适应，虽也能完成数据运算、PID 调节等功能，但微机的许多软件还不能直接使用，须经过二次开发。它采用的梯形图编程语言很受熟悉继电器控制而不熟悉计算机的电气技术人员的欢迎。

工业控制机可使用通用微机的各种编程语言，因而其软件资源十分丰富，特别是有实时操作系统的支持，故对要求快速、实时性强、模型复杂的工业对象的控制占有优势。但它对使用者的技术水平要求较高，即应具有一定的计算机专业知识。

③ PLC 和工业控制机都是专为工业现场应用环境而设计的。PLC 在结构上采取整体密封或插件组合型，并采取了一系列的抗干扰措施，使其具有很高的可靠性。工业控制机对各种模板的电气和机械性能也有严格的考虑，因而可靠性也较高。

2.3   可编程控制器的编程方式

可编程控制器最突出的优点之一就是采用"软"继电器（编程元件）代替"硬"继电器（实际元件），用软件编程逻辑代替传统的硬件布线逻辑实现控制作用。而且 PLC 的编程语言面向被控对象、面向操作者，易于为熟悉继电器控制电路的广大电气技术人员理解和掌握。通常，PLC 的编程语言有梯形图语言、指令助记符语言、控制系统流程图语言、布尔代数语言等，为增强数据运算和通讯联网功能，有些 PLC 还可用 BASIC 等高级语言进行编程。在这些语言中，尤以梯形图、指令助记符语言最为常用。

应该指出，由于 PLC 的设计和生产尚无统一的国际标准，因而各厂家产品使用的编程语言及编程语言中所采用的符号也不尽相同。

下面以最为常用的三相异步电动机直接启动继电接触器控制电路（见图 2.3.1.1）为例，用 PLC 编程实现该项控制。

首先应确定原继电接触器控制电路中，哪些量是输入量，哪些量是输出量，以便分配 PLC 的输入、输出端子与之对应（即进行 I/O 分配）。从图 2.3.1.1 中可以看到 SB1、SB2 分别是启动按钮和停止按钮，用于施加控制命令使接触器 KM 接通或断开，从而启动或停止电动机的运行。因此，SB1、SB2 为输入量，KM 为输出量。

图 2.3.1.2 是用 PLC 实现直接启动控制的外围接线示意图，启动按钮 SB1 和停止按钮 SB2 作为输入设备分别与 PLC 的输入端 X0、X1 相连；接触器 KM 的线圈作为输出设备与 PLC 的输出端 Y0 相连。图 2.3.1.3 为采用不同形式的 PLC 编程语言来表达上述直接启动控制逻辑的程序，其中图（a）为梯形图程序，图（b）为指令助记符程序。

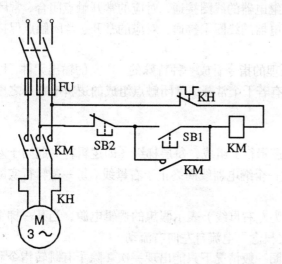

图 2.3.1.1 三相异步电动机直接启动控制电路

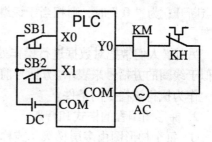

SB1 — 启动按钮
SB2 — 停止按钮
KM — 接触器线圈
KH — 热继电器常闭触点

图 2.3.1.2 PLC 用于直接启动控制的外围接线

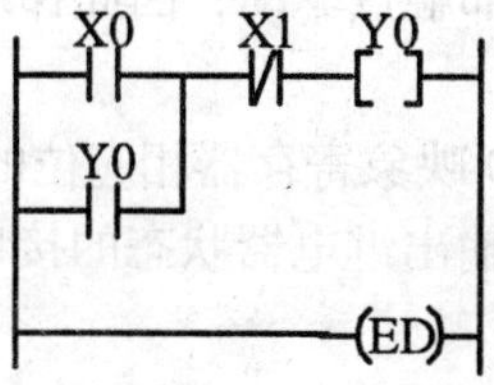

地址	指 令	
0	ST	X0
1	OR	Y0
2	AN/	X1
3	OT	Y0
4	ED	

（a）

（b）

图 2.3.1.3 直接启动控制程序

一、梯形图语言

梯形图语言是在继电接触器控制原理图的基础上演变而来的一种图形语言，它将 PLC 内部的各种编程元件（如输入继电器、输出继电器、内部继电器、定时器、计数器等）和命令用特定的图形符号和标注加以描述，并赋以一定的意义。梯形图就是按照控制逻辑的要求和连接规则将这些图形符号进行组合或排列所构成的表示 PLC 输入、输出之间逻辑关系的图形，它具有清晰直观、可读性强的特点，是目前使用最多的一种编程方式。

　　1. 梯形图中的符号

　　在梯形图中，─┤├─ 、─┤／├─ 分别表示 PLC 各种编程元件（或称软继电器）的常开和常闭触点，─┤ ├─ 则表示其线圈。但应该注意，它们并非物理实体，只有概念上的意义。每一个软继电器实际上仅对应于 PLC 工作数据存储区中的一个存储单元（位），当该单元的状态为"1"时，相当于该继电器的线圈接通，对应的常开触点闭合、常闭触点断开；为"0"时，则相当于该继电器的线圈未接通，对应的常开、常闭触点保持常态。

　　另外，人们常把对数据进行操作处理的指令看成一种特殊的、广义的输出元件，用类似于线圈的方括号来表示。方括号前有若干个常开或常闭触点组成的逻辑电路与之串联，作为执行该指令的条件。

　　2. 梯形图编程的格式和特点

　　① 每个梯形图由多层梯级（或称逻辑行）组成，每层梯级（即逻辑行）起始于左母线，经过触点的各种连接，最后通过一个继电器线圈终止于右母线。每一逻辑行实际上代表一个逻辑方程。

　　② 梯形图中左右两边的竖线（称为左右母线）表示假想的逻辑电源，当某一梯级的逻辑运算结果为"1"时，表示有"概念"电流自左向右流动。

　　③ 梯形图中某一编号的继电器线圈一般情况下只能出现一次（除了有跳转指令和步进指令等的程序段以外），而同一编号的继电器常开、常闭触点则可被无限次使用（即重复读取与该继电器对应的存储单元状态）。

　　④ 梯形图中每一梯级的运算结果，可立即被其后面的梯级所利用。

　　⑤ 输入继电器仅受外部输入信号控制，不能由各种内部触点驱动，因此梯形图中只出现输入继电器的触点，而不出现输入继电器的线圈。

　　⑥ 梯形图中的输入触点和输出继电器线圈对应的是 I/O 映象寄存器相应位的状态，而不是物理触点和线圈。现场执行元件只能通过受控于输出继电器状态的接口元件（继电器、晶闸管、晶体管）所驱动。

　　⑦ PLC 的内部辅助继电器、定时器、计数器等的线圈不能用于输出控制之用。

二、指令助记符语言

　　指令助记符语言是一种类似于计算机汇编语言的编程方式，它用简洁易记的文字符号来表达 PLC 的各种控制命令。指令与操作数（编程元件或数据）结合形成控制语句。由若干条指令控制语句即可组成 PLC 的助记符控制程序（也称指令语句表）。下一章将专门介绍 PLC 的指令系统。

2.4　可编程控制器的主要技术性能

　　PLC 的主要性能，通常可用以下各种指标进行描述。

　　1. I/O 总点数

I/O 总点数是衡量 PLC 可接收输入信号（ I ）和输出信号（ O ）的数量。PLC 的输入、输出有开关量和模拟量两种。其中开关量用最大 I/O 点数表示，模拟量用最大 I/O 通道数表示。

2. 用户程序存储容量

用户程序存储容量是衡量可存储用户应用程序多少的指标，通常以字或 K 字为单位。约定 16 位二进制数为一个字（即两个 8 位的字节），每 1 024 个字为 1K 字。PLC 中通常以字为单位来存储指令和数据，一般的逻辑操作指令每条占 1 个字，定时/计数、移位等指令占 2 个字，而数据操作指令占 2~4 个字。也有的 PLC，其用户程序存储容量以编程的步数来表示，每一条语句占一步。

3. 编程语言

编程语言一般有梯形图、语句表、控制系统流程图等几种，因 PLC 不同而异。

4. 编程手段

手持编程器、CRT 编程器、计算机编程分别为小型、中型及大型 PLC 的编程装置。

5. 指令执行时间

指令执行时间是指 CPU 执行基本指令所需的时间，一般为每步几至几十微秒。

6. 扫描速度

扫描速度是指扫描 1K 字用户程序所需的时间，通常以 ms/K 字为单位。

7. 指令系统

指令系统的指令种类和数量是衡量 PLC 的软件功能强弱的重要指标。PLC 的指令一般可分为基本指令和高级指令两部分。

8. 内部继电器的种类和数量

PLC 的内部继电器是指内部辅助继电器、定时器/计数器、移位寄存器、特殊功能继电器等，其数量的多少关系到编程是否方便灵活。

9. 其他

除以上基本性能外，不同 PLC 还有一些其他指标，如输入/输出方式、特殊功能模块种类、自诊断、通讯联网、远程 I/O、监控、主要硬件型号、工作环境及电源等级等。

2.5 可编程控制器的分类

PLC 产品的种类众多，型号规格也不统一，其类型通常可按如下三种形式分类：

一、按结构形式分类

PLC 按结构形式的不同可分为整体式和模块式两种。

1. 整体式

整体式是把 PLC 的各组成部分安装在一块或少数几块印刷电路板上，并连同电源一起装在机壳内形成一个单一的整体，称之为主机或基本单元。其特点是简单紧凑、体积较小、价格较低。通常小型或超小型 PLC 常采用这种结构。整体式 PLC 的主机可通过扁平电缆与 I/O 扩展单元、智能单元（如 A/D、D/A 单元）等相连接。

2. 模块式

模块式是把 PLC 的各基本组成部分做成独立的模块，如 CPU 模块（包含存储器）、输入模块、输出模块、电源模块等，然后以搭积木的方式将它们组装在一个具有标准尺寸并带有若干个插槽的机架内。通常中型或大型 PLC 常采用这种结构。用户可根据需要灵活方便地将 I/O 扩展单元、A/D 和 D/A 单元、各种智能单元、特殊功能单元、链接单元等模块插入机架底板的插槽中，以组合成不同功能的控制系统。这种结构的特点是，对现场的应变能力强，而且系统各部件的插拔形式十分便于维修。

二、按 I/O 点数和内存容量分类

PLC 按 I/O 点数和内存容量可大致分为超小型机、小型机、中型机、大型机等四类。

1. 超小型机

超小型机的 I/O 点数在 64 以内，内存容量在 256~1 000 字节。

2. 小型机

小型机的 I/O 点数在 64~256，内存容量在 1~3.6K 字节。

3. 中型机

中型机的 I/O 点数在 256~2 048，内存容量在 3.6~13K 字节。

4. 大型机

大型机的 I/O 点数在 2 048 以上，内存容量在 13K 字节以上。

三、按功能分类

PLC 按所具有功能的不同，可分为高、中、低三档，见表 2.5.1。

表 2.5.1　PLC 按功能分类

分 类	主 要 功 能	应 用 场 合
低档机	具有逻辑运算、定时、计数、移位及自诊断、监控等基本功能。有些还有少量模拟量 I/O（即 A/D、D/A 转换）、算术运算、数据传送、远程 I/O 和通讯等功能	常用于开关量控制、定时/计数控制、顺序控制及少量模拟量控制等场合
中档机	除具有低档机的功能外，还有较强的模拟量 I/O、算术运算、数据传送与比较、数制转换、子程序、远程 I/O 以及通讯联网等功能，有些还设有中断控制、PID 回路控制等功能	适用于既有开关量又有模拟量的较为复杂的控制系统，如过程控制、位置控制等
高档机	除具有一般中档机的功能外，还具有较强的数据处理、模拟调节、特殊功能函数运算、监视、记录、打印等功能，以及更强的通讯联网、中断控制、智能控制、过程控制等功能	可用于更大规模的过程控制，构成分布式控制系统，形成整个工厂的自动化网络

第3章
松下电工可编程控制器产品—FP1介绍

可编程控制器的品种、型号、规格、功能各不相同。通常按 I/O 点数可划分成大、中、小型三类；按功能可划分为低档机、中档机和高档机。松下可编程控制器 FP-1 属于小型机。考虑到现在与将来，FP-1 在设计过程中采用先进的方法及组件，使其具有通常只在大型可编程控制器中才具备的以及其他控制器所不具备的功能，属新一代的可编程控制器，在保证其各种优良控制功能的前提下，做到了体积结构紧凑。

在本章将介绍松下可编程控制器 FP-1 的结构特点、技术性能、特殊功能和编程手段等，使我们对松下可编程控制器 FP-1 有一个初步的认识。

3.1 FP-1 的技术性能

在上一章我们讲述了可编程控制器的一般工作原理和它的一些基本概念,这一章我们将对日本松下电工公司的可编程控制器产品 FP-1 进行具体介绍。

一、 FP-1 系列产品的构成

FP-1 是日本松下电工公司生产的小型 PLC 产品,该产品系列有紧凑小巧的 C14 型与 C16 型,还有具有高级处理功能的 C24 、 C40 、 C56 、 C72 型等多种规格。

在大写字母 C 后面的阿拉伯数字是表示该种型号可编程控制器的输入、输出点数之和。例如 C24 即表示该种型号的可编程控制器有 24 个输入、输出点。 16 个输入点,8 个输出点,输入和输出点数之和为 24 。由于 FP-1 系列可编程控制器的输入/输出点数较少,所以 FP-1 系列属小型机。

FP-1 是一种近代功能非常强的小型机,在某些功能上甚至能与大型机媲美。主机控制单元内有高速计数器,可输入频率高达 10kHz 的脉冲,并可同时输入两路脉冲。另外还可输出频率可调的脉冲信号。该机还具有 8 个中断源的中断优先权管理。主机控制单元还配有 RS-232C 接口,可实现 PLC 和 PC 之间的通讯,在 PC 机上的梯形图编程可直接传送到可编程控制器中去。

除了主机控制单元以外,与之配套的还有扩展单元、智能单元和链接单元等。

扩展单元为一些扩展 I/O 点数的模块,由 E8 ～ E40 系列组成,利用这些模块最多可以将 I/O 的点数扩展至 152 点。

FP-1 的智能单元主要为 A/D 、 D/A 模块。当需要对模拟量进行测量和控制时,可以连接智能单元。

使用 FP-1 的 I/O 链接(LINK)单元,通过远程 I/O 可实现与主 FP 系统进行 I/O 数据通讯,从而实现一台主控制单元对多台控制单元的控制。

图 3.1.1.1 为 FP-1C24 型可编程控制器控制单元的外形图。下面对图中可编程控制器的各部分逐一进行说明。

1. RS232 口(C24 、 C40 、 C56 和 C72 有)

利用该口能与 PC 机通讯编程,也连接其他外围设备(如 I.O.P 智能操作板,条形码判读器和串行打印机等)。

2. 运行监视指示灯

① 当运行程序时,“ RUN ”的 LED 亮;

② 当控制单元中止执行程序时,“ PROG ”的 LED 亮;

③ 当发生自诊断错误时,“ ERR ”的 LED 亮;

④ 当检测到异常的情况时或出现“ Watchdog ”定时故障时,“ ALARM ”的 LED 亮。

3. 电池座

为了使当控制单元断电时仍能保持住有用的信息,在控制单元设有蓄电池,电池的寿命一般为 3 ~ 6 年。

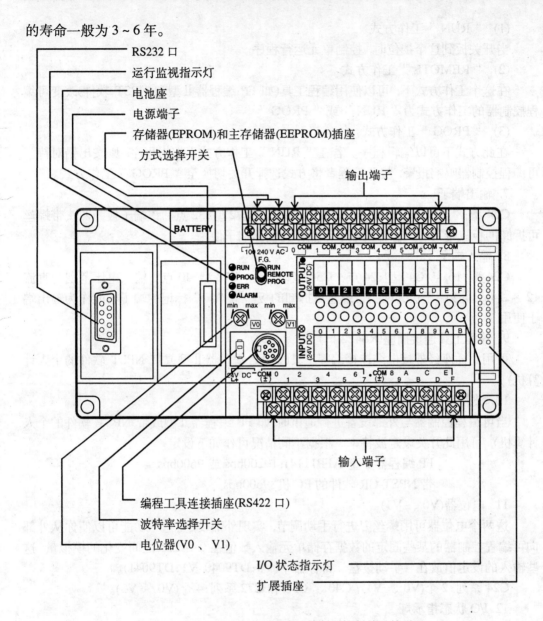

图 3.1.1.1　FP-1C24 型可编程控制器控制单元外形图

4. 电源端子

每种控制单元有两种电源形式——交流型和直流型。对于交流型控制单元, 该端子接 100 ~ 240V 交流电。对于直流型控制单元, 该端子接 24V 直流电。

5. 存储器(EPROM)和主存储器(EEPROM)插座

该插座可用来连接 EPROM 和 EEPROM 。

6. 方式选择开关

方式选择开关共有三个工作方式挡位, 即" RUN "、" REMOTE "和" PROG "。

(1) "RUN"工作方式

当开关扳到这个挡位时,控制单元运行程序。

(2) "REMOTE"工作方式

在这个工作方式下,可以使用编程工具(如FP编程器Ⅱ型和NPST软件)改变可编程控制器的工作方式为"RUN"或"PROG"。

(3) "PROG"工作方式

在此方式下可以编辑程序。若在"RUN"工作方式下编辑程序,则按出错对待。可编程控制器鸣响报警,提示编程者将方式选择开关切换至"PROG"工作方式。

7. 输出端子

C24型:8点;C40型:16点;C56型:24点;C72型:32点。该端子板为两头带螺丝可拆卸的板。带"·"标记的端子不能作为输出端子使用。

8. 输入端子

C24型:16点;C40型:24点;C56型:32点;C72型:40点。输入电压范围为直流12～24V。该端子板为两头带螺丝可拆卸的板。带"·"标记的端子不能作为输出端子使用。

9. 编程工具连接插座(RS422口)

可用此插座经外接电缆连接编程工具(如FP编程器Ⅱ型或带NPST软件的个人计算机)。

10. 波特率选择开关

当可编程控制器与外部设备进行通讯时(如FP编程器Ⅱ型或带NPST软件的个人计算机),可用此开关设定波特率。根据不同情况可作如下设定:

FP编程器Ⅱ型(AFP1114):19200bps或9600bps

带NPST-GR软件的PC机:9600bps

11. 电位器(V0、V1)

这两个电位器可用螺丝刀进行手动调节,实现外部设定。这一功能可以使你从外部向可编程控制器的某些固定的数据存储单元输入数值在0～255之间变化的模拟量。这些输入的设定值放在"手动拨盘"寄存器中(V0:DT9040,V1:DT9041)。

C24系列:2个(V0、V1);C40、C56和C72系列:4个(V0～V3)。

12. I/O状态指示灯

指示输入/输出的通断状态。当某个输入触点闭合时,对应于这个触点编号的输入指示发光二极管点亮(下一排);当某个输出继电器接通时,对应这个输出继电器编号的输出指示发光二极管点亮(上一排)。

13. 扩展插座

通过这个插座,可以连接FP1扩展I/O点数的模块(扩展单元)或智能单元(FP1A/D、D/A转换单元)及FP1I/O LINK单元。

二、FP-1系列可编程控制器的技术性能

可编程控制器的功能是否强大,很大程度上取决于它的技术性能。FP-1系列的可编程控制器虽然属于小型机,但它的一些技术性能是一些类似机型的小型机所不具备的。下面我们将用图表的形式来说明它的各种特性。

1. 控制特性

表 3.1.1 为 FP-1 系列可编程控制器的控制特性.

表 3.1.1　FP-1 系列可编程控制器的控制特性

项目	C14	C16	C24	C40	C56	C72
I/O 点数	8/6	8/8	16/8	24/16	32/24	40/32
最大 I/O 点数	54	56	104	120	136	152
运行速度	1.6μs/步:基本指令					
程序容量	900 步		2 720 步		5 000 步	
存储器类型	EEPROM		RAM(备分电池)和 EPROM			
指令数	126		191		192	
内部继电器(R)	256		1 008			
特殊内部继电器 (R)	64					
定时器/计数器 (T/C)	128		144			
数据寄存器(DT)	256		1 660		6 144	
特殊数数据寄存器	70					
索引寄存器(IX,IY)	2					
MC(MCE)点数	16		32			
Label 数(JMP,LOOP)	32		64			
步梯级数	64 级		128 级			
子程序数	8		16			
中断数	没有		9			
输入滤波时间	1 ~ 128ms					
自诊断功能	如:看门狗定时器,电池检测,程序检测					

2. 输入特性

表 3.1.2 为 FP-1 系列可编程控制器的输入特性。

表 3.1.2　FP-1 系列可编程控制器的输入特性

项目	参数
额定输入电压	12V ~ 24VDC
工作电压范围	10.2V ~ 26.4VDC
接通电压/电流	小于 10V/小于 3 mA
关断电压/电流	大于 2.5V/大于 1mA
响应时间 ON↔OFF	小于 2 ms(正常输入)(见注) 小于 50μs(设定高速计数器) 小于 200μs(设定中断输入)

	小于 500 μs (设定脉冲捕捉)
输入阻抗	约 3 kΩ
运行方式指示	LED
连接方式	端子板(M3.5 螺丝)
绝缘方式	光耦合

注:使用输入时间滤波器可将 8 点输入单元的输入响应时间设为 1ms 、2ms 、4ms 、8ms 、16ms 、32ms 、64ms 、128ms 。E8 和 E16 输入响应时间固定为 2ms 。

输入端子的(+)公共端实际接线如图 3.1.2.1 所示。

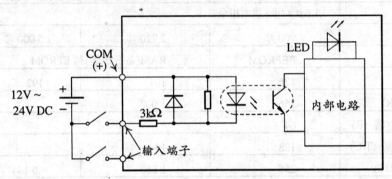

图 3.1.2.1　输入端子的接线

从图中可以看出,可编程控制器的内部电路同外部输入电路是用光耦合器进行隔离的,这样不但对内部电路起了保护作用,同时也减轻了外部电路的干扰信号对可编程控制器的内部电路的影响。

3. 输出特性

FP-1 可编程控制器的输出主要有两种形式:一种是继电器输出;另一种是晶体管输出。这两种形式的输出特性分别由表 3.1.3 和表 3.1.4 所示。

表 3.1.3　FP-1 系列可编程控制器的输出特性(继电器输出)

项目		参数
输出类型		常开
额定控制能力		2A 250V AC, 2A 30V DC(5A/公共端)
响应时间	OFF → ON	小于 8ms
	ON ← OFF	小于 10ms
机械寿命		大于 5×10^6 次
电气寿命		大于 10^5 次
浪涌电流吸收		无
工作方式指示		LED
连接方式		端子板(M3.5 螺丝)

表 3.1.4　FP-1 系列可编程控制器的输出特性（晶体管输出）

项　目	参　数
绝缘方式	光耦合
输出方式	晶体管 PNP 和 NPN 开路集电极
额定负载电压范围	5 ~ 24V DC
工作负载电压范围	4.75 ~ 26.4V DC
最大负载电流	0.5A/点(24V DC)
最大浪涌电流	3A
OFF 状态泄漏电流	不大于 100 μ A
ON 状态压降	不大于 1.5V
响应时间 OFF → ON	不大于 1ms
ON ← OFF	不大于 1ms
浪涌电流吸收器	压敏电阻
工作方式指示	LED
连接方式	端子板(M3.5 螺丝)

两种形式的输出端接线如图 3.1.2.2 和图 3.1.2.3 所示。

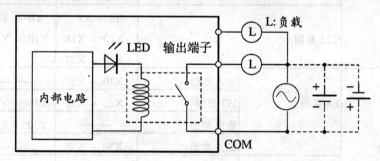

图 3.1.2.2　继电器式输出端子接线图

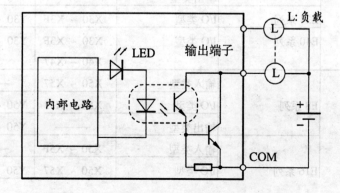

图 3.1.2.3　NPN 型晶体管式输出端子接线图

关于智能单元和链接单元的技术特性读者在实际应用时请查阅 FP-1 的技术手册。

3.2   FP-1 I/O 的分配及内部继电器(寄存器)

在使用 FP-1 可编程控制器之前, 深入了解其 I/O 的分配以及内部寄存器的功能和地址是非常重要的。

一、FP-1 的 I/O 分配

在编写可编程控制器的程序时, 熟悉 I/O 地址分配的范围是十分必要的。表 3.2.1 是 FP-1 的 I/O 分配表。

表 3.2.1   FP-1 的 I/O 分配表

单元类型		输入编号	输出编号
控制 单元	C14 系列	X0 ~ X7	Y0 ~ Y4,Y7
	C16 系列		Y0 ~ Y7
	C24 系列	X0 ~ XF	Y0 ~ Y7
	C40 系列	X0 ~ XF X10 ~ X17	Y0 ~ YF
	C56 系列	X0 ~ XF X10 ~ X1F	Y0 ~ YF Y10 ~ Y17
	C72 系列	X0 ~ XF X10 ~ X1F X20 ~ X27	Y0 ~ YF Y10 ~ Y1F
初级 扩展 单元	E8 系列 输入类型	X30 ~ X37	———
	E8 系列 I/O 类型	X20 ~ X33	Y30 ~ Y33
	E8 系列 输出类型	———	Y30 ~ Y37
	E16 系列 输入类型	X30 ~ X3F	———
	E16 系列 I/O 类型	X30 ~ X37	Y30 ~ Y37
	E16 系列 输出类型	———	Y30 ~ Y3F
	E24 系列 I/O 类型	X30 ~ X3F	Y30 ~ Y37
	E40 系列 I/O 类型	X30 ~ X3F X40 ~ X47	Y30 ~ Y3F
次级 扩展 单元	E8 系列 输入类型	X50 ~ X57	———
	E8 系列 I/O 类型	X50 ~ X53	Y50 ~ Y53
	E8 系列 输出类型	———	Y50 ~ Y57
	E16 系列 输入类型	X50 ~ X5F	———
	E16 系列 I/O 类型	X50 ~ X57	Y50 ~ Y57

			Y50 ~ Y5F
	输出类型	——	Y50 ~ Y5F
E24 系列	I/O 类型	X50 ~ X5F	Y50 ~ Y57
E40 系列	I/O 类型	X50 ~ X5F	Y50 ~ Y5F
		X60 ~ X67	
I/O 链接单元		X70 ~ X7F (WX7)	Y70 ~ Y7F (WX7)
		X80 ~ X8F (WX8)	Y80 ~ Y8F (WX8)
FP-1 A/D (数/模) 转换单元	通道 0	X90 ~ X9F (WX8)	——
	通道 1	X100 ~ X10F (WX10)	——
	通道 2	X110 ~ X11F (WX110)	——
	通道 3	X120 ~ X12F (WX12)	——
FP-1 D/A (数/模)	单元号 0	通道 0	——	Y90 ~ Y9F (WX9)
		通道 1	——	Y100 ~ Y10F (WX10)
	单元号 1	通道 0	——	Y110 ~ Y11F (WX11)
		通道 1	——	Y120 ~ Y12F (WX12)

　　从上表不难看出,控制单元、初级扩展单元、次级扩展单元、FP-1 I/O LINK 单元和智能单元(FP-1 A/D 转换单元和 FP-1 D/A 转换单元)的 I/O 分配是固定的。

　　表中的 X、WX 均为 I/O 区的输入继电器,可直接与输入端子传递信息。Y、WY 为 I/O 区的输出继电器,可向输出端子传递信息。X 和 Y 是按位寻址的,而 WX 和 WY 只能按"字"(在 FP-1 里每个"字"为 16 位)寻址。将来编程使用指令时一定要注意,有的指令只能对位寻址,而有的指令只能对"字"寻址。

　　X 和 Y 的编号规则如下:

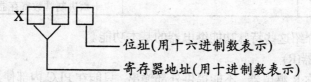

　　如:X100 即寄存器 WX10 中的第 0 号位,X10F 即寄存器 WX10 中的第 F 号位。用

图表示如下：

WX10:

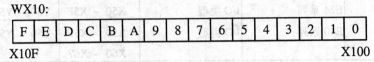

| F | E | D | C | B | A | 9 | 8 | 7 | 6 | 5 | 4 | 3 | 2 | 1 | 0 |

X10F　　　　　　　　　　　　　　　　　　　　　X100

注意紧靠 X 的数字可以是两位的，也可以是一位的，甚至可以没有(即"字"址为 0)，而最后面的一位数字一定要有，且一定是位址。

同理，输出继电器 Y 的编址规律也与此相同。

由表中所给的 X 、Y 后面的数据就可以了解到该种型号的可编程控制器的 I/O 点数。在整个 I/O 区里，X 为 X0 ~ X12F 共 208 位，Y0 ~ Y12F 也为 208 位，即 PLC 的 I/O 总共可以扩展至 416 点。但受外部接线端子和主机驱动能力所限，一般只用到 1 ~ 200 点，其余均可做内部寄存器使用。如 FP-1C40 最大可扩至 120 点。

二、特殊功能继电器

除 I/O 继电器以外，在 FP-1 可编程控制器的内部有着大量的特殊功能继电器。由于这些继电器的存在，使得 FP-1 可编程控制器的功能大为加强，编程变得十分灵活。

表 3.2.2 是这些继电器的符号及对应寄存器的地址编号和功能的一览表。

表 3.2.2　特殊功能继电器一览表

符号	地址编号	功能名称
R	R0 ~ R62F	内部通用继电器(寄存器)
	R9000 ~ R903F	内部特殊继电器(寄存器)
T	T0 ~ T99	定时器
C	C100 ~ C143	计数器
WR	WR0 ~ WR62	通用"字"继电器(寄存器)
	WR900 ~ WR903	专用"字"继电器(寄存器)
DT	DT0 ~ DT6143	通用数据寄存器
	DT9000 ~ DT9069	专用数据寄存器
SV	SV0 ~ SV143	设定值寄存器
EV	EV0 ~ EV143	经过值寄存器
IX		索引寄存器
IY		索引寄存器
K		十进制常数寄存器
H		十六进制常数寄存器

下面将分别介绍这些特殊功能继电器的基本功能。

1. 内部继电器(R)

该继电器简称 R 继电器，不能提供外部输出，只能在 PLC 内部使用，其地址 R0 ~ R62F，编址的规则同 I/O 寄存器相同。尽管如此，该继电器在应用中十分有用，可做中间继电器使用，它所带的触点均为软触点。每个继电器所带的触点数没有限制。这样的继电器在 PLC 内部多达 1 008 个(C24 型 ~ C72 型)。

2. 特殊内部继电器(R)

特殊内部继电器是有特殊用途的专用内部继电器。其地址从 R9000 ~ R903F，在 FP-1 可编程控制器内共有 64 个。这些特殊内部继电器不能用于输出，它们只能做内部触点用。它们的主要用途是：

(1) 标志继电器

当自诊断和操作等发生错误时，对应于该编号的继电器触点闭合，以产生标志。此外也用于产生一些强制性标志、设置标志和数据比较标志等。

(2) 特殊控制继电器

为了控制更加方便，FP-1 提供了一些不受编程控制的特殊继电器。例如，初始闭合继电器 R9013，它的功能是只在运行中第一次扫描时闭合，从第二次扫描开始断开并保持打开状态。

(3) 信号源继电器

R9018 ~ R901E 这 7 个继电器都是不用编程就能自动产生脉冲信号的继电器。例如 R901A 就为一 0.1s 时钟脉冲继电器，它的功能是 R901A 继电器的触点以 0.1s 为周期重复通/断动作(ON:0.05s，OFF:0.05s)。

这些特殊内部继电器的具体功能请读者查阅书后附录。

3. 定时器(T)

定时器(T)的触点是定时器指令(TM)的输出。如果定时器指令定时时间到，则与其同号的触点动作。定时器的编号用十进制数表示(T0 ~ T99)。在 FP-1 中，一共有 100 个定时器。

4. 计数器(C)

计数器(C)的触点是计数器指令(CT)的输出。如果计数器指令计数完毕，则与其同号的触点动作。同定时器一样，计数器的编号也用十进制数表示(C100 ~ C143)，在 FP-1 中，一共有 44 个计数器。细心的读者发现计数器的编号是接在定时器编号的后面的。实际上定时器的个数与计数器分享。通过系统寄存器可以调整计数器的起始编号。现在给出的编号只是默认值而已。但是定时器和计数器的总和(为 144)是不变的。

5. 定时器/计数器设定值寄存器(SV)

定时器/计数器设定值寄存器是存储定时器/计数器指令预置值的寄存器。每个定时器/计数器预置值的寄存器由一个字(1 字 = 16-bit)组成。它们的地址编号用十进制数表示，同定时器/计数器的编号——对应(SV0 ~ SV143)。

6. 定时器/计数器经过值寄存器(EV)

定时器/计数器经过值寄存器是存贮定时器/计数器经过值的寄存器。这个寄存器的内容随着程序的运行而变化，当它的内容变为 0 时，定时器/计数器的触点动作。每个定时器/计数器经过值寄存器由一个字(1 字 = 16-bit)组成。这些寄存器的地址编号用十进制数表示，同定时器/计数器的编号——对应(EV0 ~ EV143)。

关于定时器/计数器设定值寄存器(SV)和经过值寄存器(EV)的功能和用途，我们将在指令系统一章中讲述。

7. 通用数据寄存器(DT)

通用数据寄存器用来存储可编程控制器内部处理的数据, 同 R 继电器不同, 它是纯粹的寄存器, 不带任何触点, 每个数据寄存器由一个字(1 字 = 16-bit)组成。C14/C16 型有 256 个通用数据寄存器, 编号为 DT0 ~ DT255;C24/C40 型有 1 660 个通用数据寄存器, 编号为 DT0 ~ DT1660;C56/C72 有 6,144 个通用数据寄存器, 编号为 DT0 ~ DT6144 。通用数据寄存器的地址编号用十进制数表示。

8. 特殊数据寄存器(DT)

特殊数据寄存器是有特殊用途的寄存器。在 FP-1 内部共有 70 个特殊数据寄存器, 编号从 DT9000 ~ DT9069 。每一个 特殊数据寄存器都是为特殊目的而配置的。这些特殊数据寄存器的具体用途读者可查阅书后附录。

9. 常数(K 、 H)

在 FP-1 可编程控制器中的常数使用十六进制数和十进制数。如果在数字的前面冠以字母 K 的话, 为十进制数。如果数字的前面的字母为 H 的话, 则为十六进制数。K100 代表十进制数 100;H100 代表十六进制数 100 。

10. 索引寄存器(IX 、 IY)

在 FP-1 可编程控制器的内部有两个索引寄存器, IX 和 IY, 这是两个 16 位的寄存器(1 个字), 可用于存放地址和常数的修正值。索引寄存器在编程中非常有用, 它们的存在使得编程变得十分灵活、方便。许多其他类型的小型可编程控制器都不具备这种功能。

索引寄存器的作用可分以下两类:

(1) 作寄存器用

当索引寄存器用作 16-bit 寄存器时, IX 和 IY 可单独使用。当索引寄存器用作 32-bit 寄存器时, IX 作低 16-bit, IY 作高 16-bit 。当把它作为 32-bit 操作数编程时, 如果指定 IX, 则高 16-bit 自动指定为 IY 。

(2) 其他操作数的修正值

在高级指令和一些基本指令中, 索引寄存器可用作其他(WX 、 WY 、 WR 、 SV 、 EV 、 DT 和常数 K 和 H)的修正值。有了该功能, 可用一条指令替代多条指令来实现控制。

■ 地址修正功能(对 WX 、 WY 、 WR 、 SV 、 EV 、 或 DT)

这个功能类似于计算机的变址寻址功能。当索引寄存器与另一操作数(WX 、 WY 、 WR 、 SV 、 EV 、或 DT)一起编程时, 操作数的地址发生移动, 移动量为索引寄存器(IX 或 IY)的值。当索引寄存器用作地址修正值时, IX 和 IY 可单独使用。

例 将 DT0 中的数据传送至由 DT100 和 IX 共同指定的数据寄存器中去。

[F0 MV, DT0, IXDT100] 这是一条数据传输的高级指令, 执行例子要求的功能。

当 IX = K10 时, DT0 中的数据被传送至 DT110 。

当 IX = K20 时, DT0 中的数据被传送至 DT120 。

■ 常数修正值功能(对 K 和 H)

当索引寄存器与常数(K 或 H)一起编程时, 索引寄存器的值被加到源常数上(K 或

H)。

使用索引寄存器时应注意：索引寄存器不能用索引寄存器来修正；当索引寄存器用作地址修正值时，要确保修正后的地址没有越限；当索引寄存器用作常数修正值时，修正后的值可能上溢或下溢。

在 FP-1 可编程控制器的内部还有一些系统寄存器。它们是存放系统配置和特殊功能参数的寄存器。关于系统寄存器的介绍已经超出本书讨论的范围，读者若对此感兴趣的话，请参阅 FP-1 可编程控制器的技术手册。

3.3 FP-1 的特殊功能

为便于在工业控制中的应用，FP-1 还有许多其他特殊功能。 FP-1 的特殊功能主要有两方面：控制功能和通讯功能。

一、控制功能

下面将简要介绍 FP-1 的几种特殊控制功能。应当注意，这些特殊功能的实现均需FP-1 的内部系统寄存器的支持，每一功能的实现均需在相应的系统寄存器中设定控制字，这些控制字决定了该功能是否使能，以及所采用的工作方式对该功能所占用的 I/O点如何管理等等。所以如何使用好这些特殊功能，读者应仔细查阅 FP-1 的技术手册，这里只对特殊功能进行一般的介绍。

1. 脉冲输出功能(只对晶体管输出型)

FP-1 可在 Y7 端输出一路脉冲信号，脉冲的频率可以通过对专门数据寄存器的设置进行调节。其频率的输出范围为：45Hz ~ 5kHz 。这一功能的实现，需借助于速度控制指令 SPD0 的运行。将脉冲输出功能和高速计数功能结合起来，可对步进电动机进行速度和位置控制。

2. 高速计数器功能(HSC)

在 FP-1 内部设有高速计数器，可输入一路脉冲信号，也可同时输入两路脉冲信号。输入一路脉冲信号时，最高计数频率为 10kHz；当同时输入两路双相脉冲信号时，最高计数频率为 5kHz 。高速计数器的计数范围为：-8 388 608 ~ +8 388 607 。可用系统寄存器设置如加计数、减计数、单路输入、双路输入等工作方式。而且输入与扫描时间无关，处理过程中响应不延时。下面具体介绍高速计数器的使用方法。

(1) 输入脉冲端子

HSC 在高速计数输入时需占用 FP-1 输入端子 X0 、X1 和 X2 。 X0 和 X1 是脉冲输入端，X2 为复位端，通过 X2 端，可用外部复位开关对 HSC 进行硬复位。

(2) 工作方式

在使用 HSC 之前需先在 No.400 系统寄存器中设置控制字，以确定其工作方式。HSC 有四种工作方式，它们是：

■ 单路加计数方式

此时只能由 X0 端输入，最高计数频率可达 10kHz 。输入脉冲的占空比为 50%。

■ 单路减计数方式

此时只能由 X1 端输入。其他同单路。

■ 两路单相输入方式

此时由 X0 和 X1 端输入脉冲, X0 加计数, X1 减计数。此时 HSC 对 X0 和 X1 进行分时计数, 故最高计数频率仍为 10kHz。

■ 两路双相输入方式

此时要求输入脉冲为相位相差 90°的正交脉冲序列, 此时因为 HSC 对 X0 和 X1 进行交替计数, 故最高计数频率为 5kHz。

(3) 与 HSC 相关的寄存器

HSC 的计数经过值存放在特殊数据寄存器 DT9044 和 DT9045 中。DT9044 存放低 16 位数据, DT9045 存放高 16 位数据。目标值存放在 DT9046 和 DT9047 中, DT9046 存放低 16 位数据, DT9017 存放高 16 位数据。

特殊继电器 R903A 规定为 HSC 的标志寄存器。当 HSC 计数时, 该继电器为 " ON ", 停止计数时为 " OFF "。

(4) 可用软件复位

HSC 除了能够通过 X2 端子进行硬复位以外, 还可用软件进行复位。将相应的控制字送入 DT9052, DT9052 的第 0 位为软件复位的控制位, 当该位为 " 0 " 时, HSC 为计数状态, 当该位为 " 1 " 时, 为复位状态。例如, 将数据 H8 送入 DT9052, 则 HSC 停止计数。

3. 可调输入延时滤波功能

为了提高可靠性, 在 FP-1 的输入端加入输入延时滤波功能, 以防止输入端因机械开关抖动所带来的重复响应性干扰。其延时时间可根据需要进行调节, 调节范围为 1 ~ 128ms。

图 3.3.1.1 是延时滤波的示意图。

图 3.3.1.1 中的 t 是延时滤波时间。由图可见, 经过延时可将干扰脉冲滤除。

延时时间的设定由软件设定。系统寄存器 No.404 ~ No.407 中预先存放设置的时间常数, 分别对应延时时间如下:

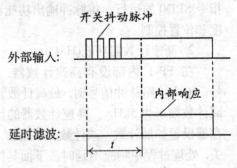

图 3.3.1.1　延时滤波示意图

　　0 = 1ms　　1 = 2ms　　2 = 4ms

　　3 = 8ms　　4 = 16ms　　5 = 32ms　　6 = 64ms　　7 = 128ms

各寄存器与输入端子的对应关系为:

No.404:设定 X0 ~ X1F 的时间常数;

No.405:设定 X20 ~ X3F 的时间常数;

No.406:设定 X40 ~ X5F 的时间常数;

No.407:设定 X60 ~ X6F 的时间常数。

例如, 要使 X0 ~ X7 的延时时间为 1ms, 对应的时间常数为 0;

X8 ~ XF 的延时时间为 2ms, 对应的时间常数为 1;

X10 ~ X17 的延时时间为 4ms, 对应的时间常数为 2;

X18 ~ X1F 的延时时间为 8ms, 对应的时间常数为 3;

则应在 No.404 中写入如下二进制数码:

No.404:

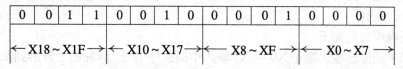

即 8 个输入端为一组, 系统寄存器 No.404 中的 16 位分成四组, 每组可对应 8 个输入端的时间常数。所以一个系统寄存器可设定 32 个输入端的时间常数。

注意 No.407 只用了寄存器的低 8 位, 故只能设定 16 个输入端。

4. 脉冲捕捉功能

由于可编程控制器采用扫描工作方式, 故其输出对输入的响应速度受扫描周期的影响。这在一般情况下不会产生问题。但在一些特殊情况下会出现问题。特别是一些作用时间较短的输入信号往往被遗漏掉。为了防止出现这种情况, FP-1 中设计了脉冲捕捉功能。它可以随时捕捉瞬间输入脉冲信号, 最小脉冲宽度可达 0.5ms, 不受扫描周期的影响。FP-1 的内部电路将此脉冲记忆下来, 并在规定的时间内响应它。

脉冲捕捉的时序图如图 3.3.1.2 所示。

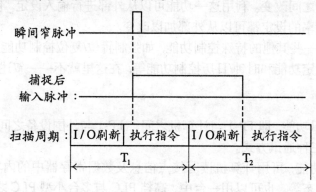

图 3.3.1.2　脉冲捕捉时序图

从图中我们可以看到一个输入窄脉冲在 T_1 的 I/O 刷新时间后到来, 若无捕捉功能则此脉冲将漏掉。有捕捉功能则 PLC 内部电路将此窄脉冲延时, 一直到 T_2 的 I/O 刷新结束时, 则 PLC 在 T_2 的执行指令期间响应此脉冲。

脉冲捕捉功能需在系统寄存器 No.402 中设定控制字来实现。

5. 中断功能

FP-1 的 C24 ~ C72 机型具有中断功能。其中断有两种类型:外部硬中断和内部定时中断, 也称为"软中断"。其外部中断可带 8 个中断源。输入端子 X0 ~ X7 可作为外部中断输入。分配如下：

$$X0 — INT0 ～ X7 — INT7$$

中断优先级 INT0 为最高，INT7 为最低。FP-1 中规定设置中断使用的系统寄存器为 No.403 。16 位的系统寄存器 No.403 的高 8 位不用，低 8 位作为中断设定用，从最低的 0 位到最高的 7 位依次对应 8 个外部中断源。其中的某位为"1"时，则该中断源使能。此时的输入端子作为外部中断源。为"0"则不使能，此时的输入端子作为一般的输入端子使用。

中断响应过程如下：

外部中断源经输入端子 X0 ～ X7 输入中断脉冲信号，脉冲的上升沿到来时 PLC 响应外部中断。此时 PLC 停止执行主程序，并按中断的优先级由高到低依次响应。应当注意 PLC 不同于一般的微机，它的中断是非嵌套的，即执行低级中断有高级中断来时，并不立即响应高级中断，而是先执行完当前的中断之后才响应下一个中断。

外部中断源的脉冲宽度应大于 0.2ms 。

FP-1 的定时中断需由软件设定定时时间，由内部自动产生。定时中断的中断信号规定为 INT24 。

中断功能的实现需中断指令的配合，使用中断控制指令 ICTL 设定中断控制字，可以设定硬中断还是软中断，也可屏蔽和清除中断。

6. 手动拨盘式寄存器控制功能

该功能可以通过调节 FP-1 面板上的电位器使特殊数据寄存器 DT9040 ～ DT9043 中的数据在 0 ～ 255 之间改变。利用这一功能可以从外部进行输入设定，包括定时器定时时间和输出脉冲频率的设定都可以从外部加以改变。

此外，FP-1 还有一些其他的特殊控制功能，如强制置位/复位控制功能、口令保护功能、固定扫描时间设定功能和时钟/日历控制功能等，在这里就不一一叙述了。

二、通讯功能

FP-1 有三种通讯功能，即 FP-1 与计算机之间、FP-1 与外围设备之间以及 FP-1 与大、中型 PLC 之间三种通讯方式。

有了这些通讯功能，可用计算机读写接点信息及数据寄存器中的内容，实现如数据采集、监视运行状态等。也可以用一台中、高档 PLC 与多台小型 PLC 之间联接成网，构成一个灵活的分散控制系统。下面分别介绍这几方面的内容。

1. FP-1 与计算机(PC)之间的通讯

一台计算机与一台 FP-1 之间的通讯称 1：1 方式。一台计算机与多台 FP-1 之间的通讯称 1：N 方式。

有两种方法可以实现一台计算机与一台 FP-1 之间的通讯。一种方法是直接通过 FP-1 的 RS232 口与 PC 进行串行通讯。另一种方法可经 RS232/RS422 适配器用编程电缆同 PC 进行通讯。前种方法是将计算机串行输出同 FP-1RS232 口直接用电缆连接起来；后一种方法是将计算机串行输出连到适配器的输入端上，再将适配器的输出端同 FP-1

的编程工具插座连接在一起，适配器实际上就是一个口转换器，因为编程工具插座是一个 RS422 口。

一台计算机与一台 FP-1 之间通讯的连线示意图见 3.3.2.1 和 3.3.2.2 。

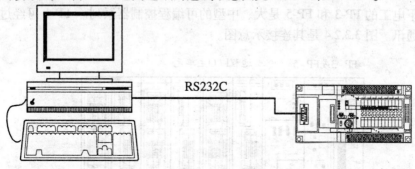

图 3.3.2.1 直接通过 RS232 口进行串行通讯

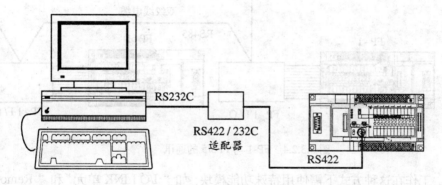

图 3.3.2.2 通过适配器进行通讯

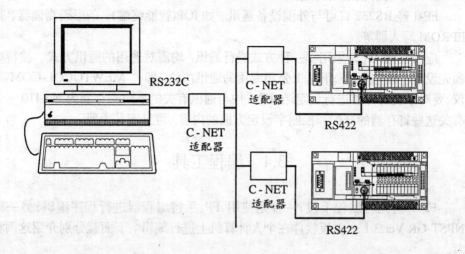

图 3.3.2.3 1：N 通讯工作方式

一台计算机与多台 FP-1 通讯称 1 ：N 方式, 最多可连 32 台 FP-1 。其连接示意图见图 3.3.2.3 。

2. FP-1 与 FP3/5 的通讯

松下电工的 FP-3 和 FP-5 是大、中型的可编程控制器系列。FP-1 可经过通讯单元同它们通讯。图 3.3.2.4 是其连接示意图。

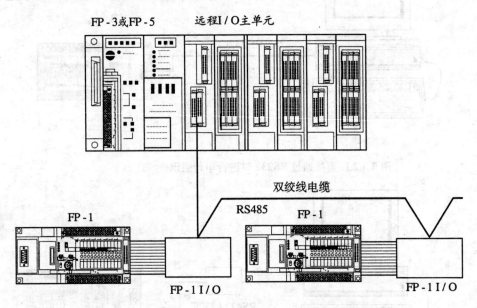

图 3.3.2.4　FP-1 与 FP3/5 的通讯

工作在这种方式下需使用特殊功能模块, 如 " I/O LINK 单元" 和 " Remote 单元"。有关这些模块的使用方法参见 FP-3/5 产品手册。

3. FP-1 与外设之间的通讯

FP-1 经 RS232 口可与外围设备通讯。如 IOP(智能终端)、条形码判读器、打印机和 EPROM 写入器等。

应当注意, 无论采用哪一种方式进行通讯, 均需对选用的通讯方式、波特率等进行预先设置, 都应符合松下电工公司专用的通讯协议, 即 " MEWTOCOL-COM " 标准协议。要对系统寄存器进行设定, 在 FP-1 中与通讯有关的系统寄存器为 No.410 ~ No.413 。有关这些寄存器的分配和控制字设定方面的内容, 可见产品手册。

3.4　编程工具

FP-1 有两种编程手段：一种是使用 FP 手持编程器进行程序编辑；另一种是利用 NPST-GR Ver.3.1 中文版软件在个人计算机上进行编辑。下面就分别介绍这两种编程工具。

一、FP 编程器 Ⅱ

FP 编程器 II 是一种用于 FP 系列 PLC(FP1 、FP3 、FP5 、FP10S 、FP10 、FP-C 和 FP-M)的手持编程工具。

用 FP 编程器 II 可输入、修改、插入及删除已写入(CPU)内部 RAM 中的命令。用 FP 编程器 II 操作键,可容易地进行程序的编辑。

另外,FP 编程器 II 还具有"OP"功能。用此功能,可监视或设置存储于 PLC 中的继电器通/断状态、寄存器内容以及系统寄存器参数等。

下面将介绍 FP 编程器 II 键盘及指令的输入方法。

1. FP 编程器 II

FP 编程器 II 如图 3.4.1.1 所示。

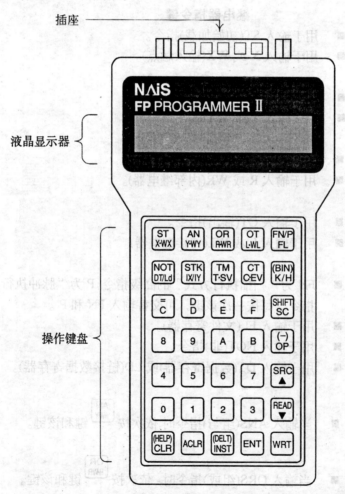

图 3.4.1.1　FP 编程器 II

(1) 插座

插座是 FP 编程器 II 与 PLC 、PC 机或调制解调器相连接的接口。当与 FP1 、FP3 、FP5 、FP10S 或 FP10 相连时,可用作为 RS422 接口;当与 FP-C 和 FP-M 连接时,可作为 RS232 接口。

(2) 液晶显示器(LCD)

LCD 用于显示指令及信息。在显示窗口可同时显示两行信息或数据。如果对 FP 编程器Ⅱ进行了误操作，在显示窗口的上一行将显示出错误信息。

(3) 操作键

利用操作键，可通过进行输入指令与设置系统寄存器，以及监视继电器或寄存器等项操作。

FP 编程器Ⅱ上共有 35 个键，下面对每个键的作用和功能从左到右、由上到下依次作一说明。

继电器指令键

- 用于输入 ST(初始加载)指令。
- 用于输入 X 或 WX(输入触点)。

- 用于输入 AN(与)指令。
- 用于输入 Y 或 WY(输出继电器)。

- 用于输入 OR(或)指令。
- 用于输入 R 或 WR(内部继电器)。

- 用于输入 OT(输出)指令。
- 用于输入 L 或 WL(链接继电器)。

- FN 为 "扫描执行方式" 的高级指令；P 为 "脉冲执行方式" 的高级指令。每按一次该键，可交替输入 FN 和 P。
- 用于输入 FL(文件寄存器)。

- 用于输入 NOT(非)指令。
- 用于输入 DT(数据寄存器)或 LD(链接数据寄存器)。

- 当输入 ANS(组与)指令时,依次按 ⎡AN⎤ 键和该键。
- 当输入 ORS(组或)指令时, 依次按 ⎡OR⎤ 键和该键。
- 用于输入 IX 或 IY(索引寄存器)。
- 用于输入 TM(定时器)指令。
- 用于输入 T(定时器触点)或 SV(定时器/计数器的预置值)。

■ 用于输入 CT(计数器)指令。

■ 用于输入 C(计数器触点)或 EV(定时器/计数器的经过值)。

字母数字键

■ 数字键用于输入数值和序号。

当输入 ST 、AN 或 OR 指令后,还可输入上挡键"="、">"、"<"及" D ",以组成字比较指令。

其它键

"帮助/清除"键

■ 当显示指令时,用此键可清除 LCD 下面一行的指令名和操作数,而地址仍保留,以便输入新的指令。

■ 当监视寄存器时,用此键可清除寄存器值,以便重新设置新的数值。

■ 在初始状态下,若按 ⌊SHIFT SC⌋ 键后再按此键,可显示非键盘指令的代码表。

■ 在执行 OP 功能时,若按 ⌊SHIFT SC⌋ 键后再按此键,可列出 OP 功能表。

"全清"键

■ 清除当前显示的所有数据(清屏)。

■ 若执行 OP 功能过程中按此键,将退出 OP 功能。

■ 按此键后,将显示出两个(**)号,此状态称为"初始状态"。

"删除/插入"键

■ 在程序中插入刚输入的指令。

■ 按 ⌊SHIFT SC⌋ 键后再按此键,可删除 LCD 中下面一行中的内容。

"数制转换/常数"键

■ 输入常数字符 K 或 H 时,每按一下此键,将交替显示 K 或 H 。

■ 按此键可以以十进制(K)或十六进制(H)显示寄存器值。依次按 ⌊SHIFT SC⌋ 键和此键,还可以以二进制显示寄存器值。

"指令切换"键
- 按此键进入SC方式，在SC方式下可输入一些键盘上没有的基本指令(非键盘指令)，如ED(结束)或NOP(空操作)指令。再按一下此键，即可退出SC方式。
- 用此键激活一些键上用橙色表示的一些功能。例如先按此键，然后再按 ⌊(DELT) INST⌋ 键，可删除当前屏上的指令。

"操作/负号"键
- 用此键可进入OP功能，但需先按 ⌊ACLR⌋ 键后再按此键。
- 用此键可为常数或数值输入负号。

"查找/上箭头"键
- 查找带有继电器、寄存器名的指令程序。
- 按此键可使LCD上显示的指令按地址顺序向上滚动。

"读取/下箭头"键
- 从PLC中读取指令、继电器状态或寄存器值。
- 按此键可使LCD上显示的指令按地址顺序向下滚动。

"写入"键
- 为将指令、寄存器值或继电器状态写入PLC，在输入指令或参数后，须按此键。

"输入"键
- 录入高级指令名和高级指令、CT、TM指令的操作数。
- 录入所选择的OP功能。

2. 指令的输入方式

指令按其输入方式可分为三类:键盘指令、非键盘指令和高级功能指令。

(1) 键盘指令

这类指令是指键盘已有的指令，直接按键就可以写在LCD上。

(2) 非键盘指令

这类指令是指键盘上没有，需用指令代码方可输入的指令。其输入步骤为:

- 当已知指令代码时(见附录四)，其操作方法为:

先按 ⌊SRC ▲⌋，然后在键盘上键入指令代码，再按一下 ⌊SRC ▲⌋，这时指令就显示在LCD上，按 ⌊WRT⌋ 键，将指令写入PLC。

- 当不知道指令代码时，其操作方法为:

先按 ⌊SRC ▲⌋，再按 ⌊(HELP) CLR⌋，即显示出非键盘指令表，按 ⌊SRC ▲⌋ 或 ⌊READ ▼⌋ 可使指令表上下移动，把要输入的指令与代码移入显示屏，再在键盘上按相应的数字键(同指令代码一样)即可。这时指令就显示在LCD上，按 ⌊WRT⌋ 键，将指令写入PLC。

(3) 高级功能指令

这类指令是指键盘上没有，需用 $\boxed{\text{FN/P FL}}$ 功能键方可输入的指令，这些指令及功能表见附录一的高级指令部分。其输入方法为：

■ 指令后有操作数的

按 $\boxed{\text{FN/P FL}}$ 键，在显示屏上就出现大写字母 F，然后输入高级指令的功能号，在显示屏上出现该高级指令的功能号和助记符，按 $\boxed{\text{ENT}}$ 键，显示屏上高级指令的功能号和助记符移到上一行。输入操作数后按 $\boxed{\text{ENT}}$ 键，输入最后一个操作数后按 $\boxed{\text{WRT}}$ 键将全部输入内容写入 PLC。一条有操作数的高级指令输入完毕。

■ 指令后无操作数的

按 $\boxed{\text{FN/P FL}}$ 键，在显示屏上就出现大写字母 F，然后输入高级指令的功能号后，显示屏上出现该高级指令的功能号和助记符，再按 $\boxed{\text{WRT}}$ 键，将全部输入内容写入 PLC。一条无操作数的高级指令输入完毕。

有关 OP 功能和一些操作的其他细节请读者参阅 FP 编程器 II 的操作手册。

二、NPST-GR Ver.3.1 中文版软件简介

NPST-GR 中文版软件是松下电工可编程控制器：FP-1 、 FP-3 、 FP-5 、 FP-10 、 FP-M 和 FP-C 的软件支持工具。用户可以用它实现许多功能。

1. 编程

NPST-GR 中文版软件提供了三种编程方式：符号梯形图方式(在计算机屏幕上直接画出梯形图)；布尔梯形图方式(用布尔方式——即用助记符输入，以梯形图方式显示)和布尔式方式(用布尔方式—即助记符编程和显示)。用户可通过软件的主菜单界面选择任一方式编程，并可以在任何时候改变其编程方式。NPST 将根据用户选择的方式自动改变显示。无论用那种方式，用户都能使用热键选择命令。

另外，NPST-GR 还提供多种有效的编程手段，并且在程序编辑的过程中能拷贝、删除、转移和搜索程序的任一部分。

2. 注释功能

可以为继电器和输出指令加入注释，使用户对继电器所对应的设备及继电器的用途一目了然。

3. 程序检查

使用程序检查功能，能查找程序中的语法错误。

4. 监控

为保证程序的使用性能，NPST-GR 能监控用户编制的程序，并可进行运行测试。用户可以检查继电器和寄存器的状态、 PLC 工作状态，由此能方便地进行调试与修改。

5. 系统寄存器设置

系统寄存器设置功能能在 NPST-GR 中设置系统寄存器。根据屏幕的提示信息进行选择或输入，简单易行。

6. I/O 和遥控 I/O 分配

用 NPST-GR 能对每个槽分配任意 I/O(I/O 和遥控 I/O)地址。

7. 文挡打印

文挡打印能打印出编辑的梯形图和所有的设置(如系统寄存器设置等)。

8. 数据传输

数据传输能分别用菜单方式和热键方式将在软件中编制好的程序传至 PLC 、ROM(或 IC 卡)。同时也可以将 PLC 内的程序调入软件里进行编辑。

9. 数据管理

数据管理功能可以将程序或数据存盘，以便于数据备份，或在传入 PLC 之前暂存数据。

关于 NPST-GR 软件的详细使用方法，请读者参阅 NPST-GR 中文版用户手册。

第4章

指令系统

　　新一代的可编程控制器都具有丰富的指令集，利用这些指令编程，能够容易地实现各种复杂的控制操作。对于一个可编程控制器而言，指令是最基础的编程语言，掌握了一些基本的指令也就初步掌握了可编程控制器的使用方法。本书所介绍的日本松下 FP1-C24 型可编程控制器有各类指令 151 条。按功能可将这些指令分为两大类：

　　■ 基本指令
　　■ 高级指令

　　本章将分别介绍日本松下 FP1-C24 型可编程控制器指令的梯形图符号、助记符、功能和用法。但由于篇幅所限，我们对指令介绍的重点放在一些常用基本指令上。对于高级指令，只介绍它们的类型和构成以及一些典型的指令。同指令有关的其他内容参见产品的技术和编程手册。

　　需要指出的是，各种型号的可编程控制器的指令都大同小异，掌握了一种型号可编程控制器的指令系统，触类旁通，再理解其他型号可编程控制器的指令系统就不难了。

4.1 基本指令

可编程控制器的基本指令由基本顺序指令、基本功能指令、控制指令和比较指令这四种类型指令构成。

基本顺序指令用来执行以位(bit)为单位的逻辑操作，是继电器控制电路的基础。

基本功能指令是操作定时器、计数器和移位寄存器的指令。

控制指令用来决定程序执行的顺序和流程。

比较指令用于进行数据的比较。

下面我们将对这四种类型指令中经常应用的一些指令进行详细地介绍，每条指令及其应用实例都以梯形图和助记符两种编程语言对照说明。

一、基本顺序指令

在这节我们将详细介绍 19 条经常使用的基本顺序指令，这些指令对继电器和继电器的触点执行了最基本的逻辑操作，是可编程控制器用于继电器控制电路的基础。

1. ST 、ST/ 和 OT 指令

ST：以常开触点开始一逻辑运算，它的作用是将一常开触点接到母线上。另外，在分支接点处也可使用。

ST/：以常闭触点开始一逻辑运算，它的作用是将一常闭触点接到母线上，其他同上。

ST 和 ST/ 指令能够操作的元件为：

继电器触点			定时器/计数器触点	
X	Y	R	T	C

OT：输出指令，将运算结果输出到指定的继电器，是继电器线圈的驱动指令。这条指令能够操作的元件仅为 Y 继电器和 R 继电器。

应用举例

梯形图	助记符	时序图
X0　　　　　　Y0 ─┤├────────[ ] X1　　　　　　Y1 ─┤/├────────[ ]	0　ST　　X0 1　OT　　Y0 2　ST/　　X1 3　OT　　Y1	X0　　ON / OFF Y0 X1 Y1

使用 OT 指令应注意以下几点：

■　该指令不能直接从母线开始(应用步进指令时除外)。

■　该指令不能串联使用，在梯形图中位于一个逻辑行的末尾，紧靠右母线。

■　该指令连续使用时相当输出继电器(Y 或 R)并联在一起。

■ 可编程控制器如未进行输出重复使用的特别设置，对于某个输出继电器只能用一次 OT 指令，否则，可编程控制器按出错对待。

上面梯形图的逻辑功能是当触点 X0 闭合时，继电器 Y0 接通。当触点 X1 断开时，继电器 Y1 接通。通过时序图可以清楚地看出外触点 X 对继电器 Y 的控制作用。继电器 Y 可以驱动无数个和它同名的常闭和常开触点。

2. NOT(／)指令

NOT(／)：取反指令，该指令的功能是将该指令处的运算结果取反。

应用举例

梯形图	助记符	时序图
X0 ———||——————— Y0 —[ ]— ———/———————— Y1 —[ ]—	0 ST X0 1 OT Y0 2 ／ 3 OT Y1	X0 ▢▢ ON/OFF Y0 Y1

3. AN 和 AN／ 指令

AN：与指令，用于一个常开触点同另一个触点的串联。

AN／：与非指令，用于一个常闭触点同另一个触点的串联。

AN 和 AN／ 指令能够操作的元件为：

继电器触点			定时器/计数器触点	
X	Y	R	T	C

在编程中，AN 和 AN／ 指令能够连续使用，即几个触点串联在一起。

应用举例

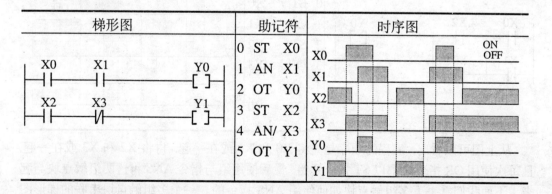

梯形图	助记符	时序图
X0 X1 Y0 ——||——||——————[ ]— X2 X3 Y1 ——||——|/——————[ ]—	0 ST X0 1 AN X1 2 OT Y0 3 ST X2 4 AN／ X3 5 OT Y1	X0 X1 X2 X3 Y0 Y1

4. OR 和 OR／ 指令

OR：或指令，用于一个常开触点同另一个触点的并联。

OR/: 或非指令, 用于一个常闭触点同另一个触点的并联。

OR 和 OR/ 指令能够操作的元件为:

继电器触点			定时器/计数器触点	
X	Y	R	T	C

OR 和 OR/ 指令能够连续使用, 即几个触点并联在一起。

应用举例

梯形图	助记符	时序图
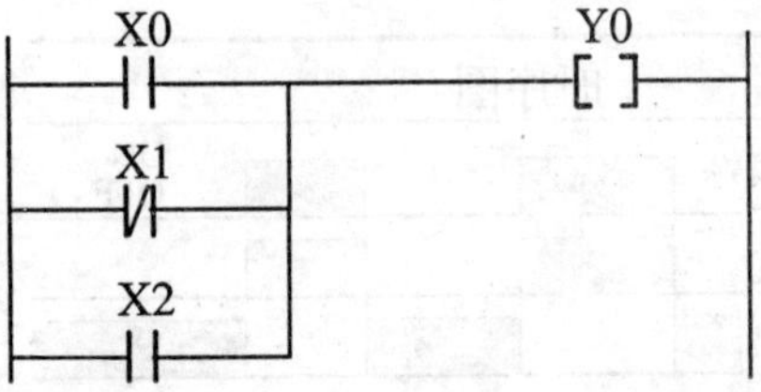	0 ST X0 1 OR/ X1 2 OR X2 4 OT Y0	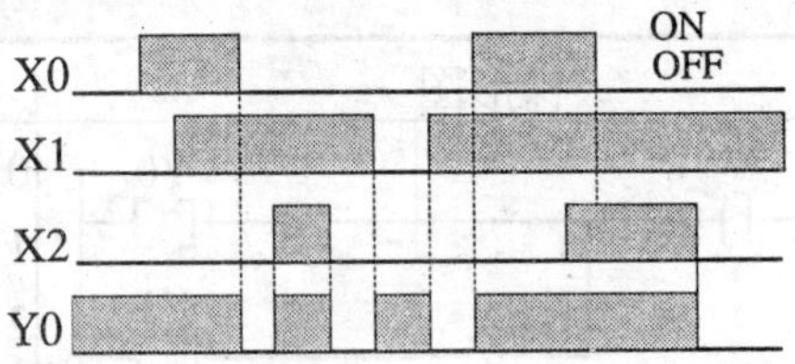

---

5. ANS 和 ORS 指令

ANS: 组与指令, 用于触点组和触点组之间的串联。

ORS: 组或指令, 用于触点组和触点组之间的并联。

在一些逻辑关系复杂的梯形图中, 用上面所述的指令来编程是难以完成的, 因为在这样的梯形图中, 触点间的连接并不是简单的串并联关系, 要完成这样复杂逻辑关系的编程, 必须使用 ANS 和 ORS 指令。下面对 ANS 和 ORS 指令的使用分别举例说明。

应用举例

梯形图	助记符	时序图
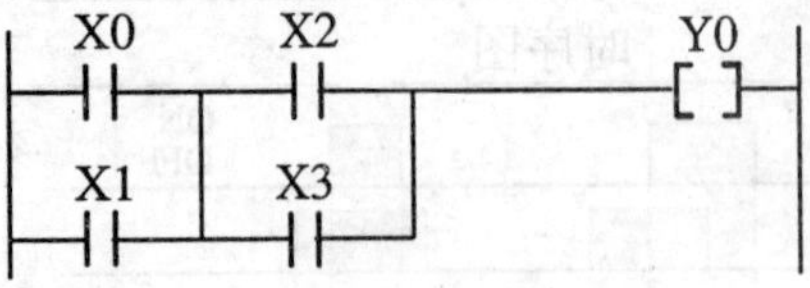	0 ST X0 1 OR X1 2 ST X2 3 OR X3 4 ANS 5 OT Y0	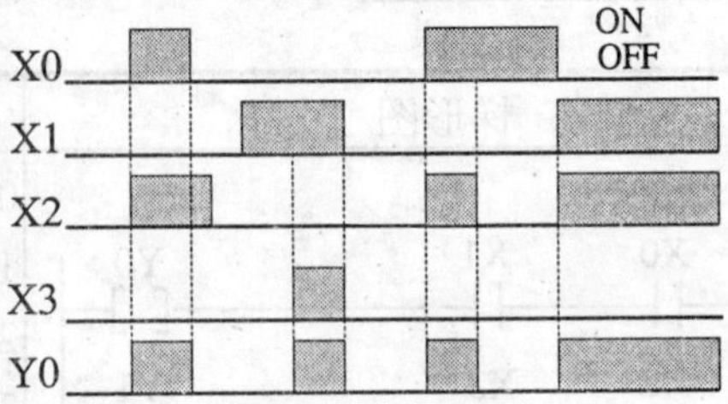

从上图可以看出, 编程的顺序是先将 X0 和 X1 或在一起, 再将 X2 和 X3 或在一起, 且每次使用 OR 指令时都以 ST 指令开始, 最后使用组与指令 ANS 将这两组触点块与起来。下面我们看一下多组触点块如何使用 ANS 指令的。一个多组触点块串联的梯形图如图 4.1.1.1 所示。

对这样一个多组触点块串联的梯形图的编程顺序是先将 X0 和 X1 或在一起, 再将

X2 和 X3 或在一起，然后使用 ANS 指令形成一个新的块，用这个新的块连同 X4 和 X5 或在一起的触点块再次使用 ANS 将它们串联在一起形成又一个新块，如果后面还有或触点块的话，就再重复前面的编程过程。

错误的编程是先做 X0 或 X1、X2 或 X3、X4 或 X5，最后使用一次 ANS 指令将这些触点块串联在一起。

对图 4.1.1.1 所示梯形图的正确编程的示意如下：

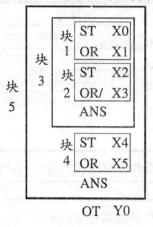

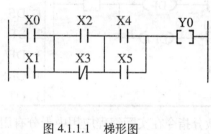

图 4.1.1.1　梯形图

应用举例

梯形图	助记符	时序图
	0 ST X0 1 AN X1 2 ST X2 3 AN X3 4 ORS 5 OT Y0	

同使用组与指令 ANS 类似，只不过编程的顺序是先将 X0 和 X1 与在一起，再将 X2 和 X3 与在一起，且每次使用 AN 指令时都以 ST 指令开始，最后使用组或指令 ORS 将这两组触点块并联起来。

一个多组触点块并联的梯形图的编程顺序同前面提到过的多组触点块串联的梯形图的编程顺序和方式是一样的，读者同前面例子相对照，就不难理解了。

6. DF 和 DF/ 指令

DF：上升沿微分指令，当检测到控制触点闭合的一瞬间，输出继电器的触点仅接通一个扫描周期。

DF/：下降沿微分指令，当检测到控制触点断开的一瞬间，输出继电器的触点仅接通一个扫描周期。

　　注意 DF 和 DF/ 指令只有在检测到触点的状态发生变化时才有效,如果触点一直是闭合或断开的,DF 和 DF/ 指令是无效的。即指令只对触发信号的上升沿和下降沿有效。

　　DF 和 DF/ 指令无使用次数限制。

应用举例

梯形图	助记符	时序图
	0　ST　　X0 1　DF 2　ST　　X1 3　DF/ 4　ORS 5　OT　　Y0	

　　微分指令在实际编程应用中十分有用,利用微分指令可以模拟按钮的动作。

7. PSHS 、RDS 和 POPS 指令

PSHS: 推入堆栈指令,即将在该指令处以前的运算结果存储起来。

RDS : 读出堆栈指令,读出由 PSHS 指令存储的运算结果。

POPS: 弹出堆栈指令,读出并清除由 PSHS 指令存储的结果。

　　PSHS 、RDS 和 POPS 实际上是用来解决如何对具有分支的梯形图进行编程的一组指令。

应用举例

梯形图	助记符	时序图
	0　ST　　X0 1　PSHS 2　AN　　X1 3　OT　　Y0 4　RDS 5　AN　　X2 6　OT　　Y1 7　POPS 8　AN　　X3 9　OT　　Y2	

　　PSHS 指令用在梯形图分支点处最上面的支路,它的功能是将在左母线到分支点之间的运算结果存储起来,以备下面的支路使用。

　　RDS 指令用在 PSHS 指令支路以下,POPS 指令以上的所有支路,它的功能是读出由

PSHS 指令存储的运算结果，实际上是将左母线到分支点之间的梯形图同当前使用 POPS 指令的支路连接起来的一种编程方式。

POPS 指令用在梯形图分支点处最下面的支路，也就是最后一次使用由 PSHS 指令存储的运算结果，它的功能是先读出由 PSHS 指令存储的运算结果，同当前支路进行逻辑运算，最后将 PSHS 指令存储的内容清除。结束分支点处所有支路的编程。

注意当在分支点以后有很多支路时，在用过 PSHS 指令后，反复使用 RDS 指令，当使用完毕时，最后的一条支路一定要用 POPS 来结束。

8. SET 和 RST 指令

SET:置位指令，其功能是保持输出继电器 Y 和 R 的触点接通。

RST:复位指令，其功能是保持输出继电器 Y 和 R 的触点断开。

应用举例

梯形图	助记符	时序图
X0 ——Y0 〈S〉 X1 ——Y0 〈R〉 输出继电器	0 ST X0 1 SET Y0 4 ST X1 5 RST Y0	X0 X1 Y0 ON OFF

使用 SET 和 RST 指令注意以下几点:

- 当控制触点闭合时，执行 SET 指令，后来不管控制触点如何变化，输出继电器接通并保持。
- 当控制触点闭合时，执行 RST 指令，后来不管控制触点如何变化，输出继电器断开并保持。和 OT 指令不同的是对于编号相同的输出继电器(Y 和 R)可以重复使用 SET 和 RST 指令，次数不限。
- 当使用 SET 和 RST 指令时，输出的内容随程序运行过程中每一阶段的执行结果而变化。

对于图 4.1.1.2 所示的梯形图，当 X0、X1 和 X2 先后闭合时，输出继电器 Y0 先是接通，然后随着 X1 的闭合而断开，最后又随着 X2 的闭合而接通。当梯形图其他程序全部执行完毕进行 I/O 刷新时，外部输出由程序运行的最终结果所决定。所以对于图 4.1.1.2 所示的梯形图而言，Y0 将作为接通输出。

- 在 SET 和 RST 指令前面使用微分指令 DF，使编写程序变得更加灵活。
- 在 SET 和 RST 指令后面使用 OT 指令，

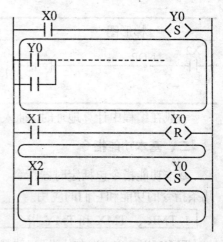

图 4.1.1.2 梯形图

对于编号相同的输出继电器(Y 或 R)的最终状态, 由 OT 指令所决定。

9. KP 指令

KP: 保持指令, 使输出继电器(Y 或 R)接通并保持。

当负责置位的控制触点闭合时, 由 KP 指令所指定的输出继电器接通并保持。在接通以后, 无论负责置位的控制触点再如何变化, 指定的继电器仍然保持通态, 这个状态一直保持到复位控制触点闭合为止。

当负责复位的控制触点闭合时, 指定的输出继电器断开。若负责置位的控制触点和负责复位的控制触点同时闭合, 则复位触发优先。

同 OT 指令一样, KP 指令不能重复输出。

KP 指令在某些方面的应用同 SET 和 RST 指令效果一样, 但读者细心地比较还是不难发现它们之间的差别。

应用举例

梯形图	助记符	时序图
X0 置位触发信号 KP Y0 X1 复位触发信号	0 ST X0 1 ST X1 2 KP Y0	X0 ON OFF X1 Y0

10. NOP 指令

NOP: 空操作指令, NOP 指令不执行任何操作, 在编程时插入该指令便于程序的检查和修改。在程序中插入该指令后, 程序的容量稍稍增加, 但对算术运算结果无影响。

应用举例

梯形图	助记符	时序图
X2 NOP Y1	0 ST X2 1 NOP 2 OT Y1	X2 ON OFF Y1

一般在编程中计算地址时, 插入 NOP 指令, 使计算变得更加方便和灵活。

二、基本功能指令

基本功能指令包括定时器指令、计数器指令和移位寄存器指令, 下面就分别介绍这几条指令的功能和它们的应用。

1. TMR 、TMX 和 TMY 指令

TMR: 以 0.01s 为单位设置延时闭合的定时器。

TMX: 以 0.1s 为单位设置延时闭合的定时器。

TMY：以 1s 为单位设置延时闭合的定时器。

TM 指令是一减计数型预置定时器。TM 后面的 R 、X 和 Y 分别表示预置时间单位，使用预置时间单位和预置值来设定延时时间。

FP1-C24 型可编程控制器共有 100 个定时器，它们的编号为 T0 ~ T99 。

定时器的预置时间(也就是延时时间)为：预置时间单位×预置值。

预置时间单位分别为：

$$R = 0.01s$$
$$X = 0.1s$$
$$Y = 1s$$

预置值只能用十进制数给出，编程格式是在十进制数的前面加一大写英文字母"K"，其取值范围为 K0 ~ K32767 。

应用举例

梯形图	助记符	时序图
	0 ST X0 1 TM X3 　 K 50 4 ST T3 5 OT Y0	

在本例中：定时器编程格式　　TMX3　K50

在这里 TM 为定时器，X 表示预置时间单位取 0.1s，3 表示使用了 100 个定时器中的第 3 号定时器，K50 表示预置值为十进制数 50，则定时器的预置时间(也就是延时时间)为：

$$0.1s \times 50 = 5s$$

当然如果取定时器编程格式分别为：TMR3　K500 和 TMY3　K5 的话，其预置时间同样是 5s 。至于取哪一种编程格式，完全看编程方便的需要。

对于例子中所给出的梯形图，当控制触点 X0 闭合，3 号定时器启动，延时 5s 后，3 号定时器的触点 T3 闭合，输出继电器 Y0 接通。

现在来看定时器的实际运行过程，从而使我们对定时器的工作原理有更深刻的认识，这对于用好定时器是十分有利的。

程序编完并送入 PLC 后，将 PLC 的工作方式设置为"RUN"(即运行)，此时预置值十进制常数"K50"被送到预置值存储器区的预置值存储器单元"SV3"。在 FP1-C24 型可编程控制器的内部的存储器区中有与定时器有关的两个存储器区，即预置值区(SV)和经过值区(EV)。对应每个定时器编号，都有一组编号相同的 16 位 SV 和 EV 存储单元，有多少个定时器，就有多少个同定时器编号——一对应的 SV 和 EV 存储单元。

当 PLC 检测到 X0 闭合的一瞬间，预置值 K50 由"SV3"传送到经过值区的

"EV3"。如果 X0 保持通态不变, 则 PLC 每次扫描的经过时间从"EV3"中被减去。当经过值区的"EV3"的值被减至 0 时, 定时器的触点 T3 闭合, 随后输出继电器 Y0 接通。

注意在定时器被启动后但并未到达延时时间的期间内, 断开定时器的控制继电器触点(X0), 则其运行中断, 且已经过的时间被复位为 0, 定时器的触点不动作,一切须从头开始。为了更进一步理解定时器指令, 再举两个例子。

应用举例

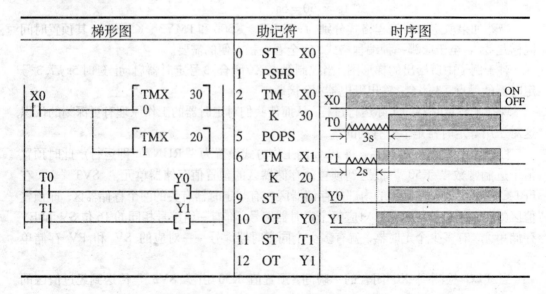

通过这个例子, 我们知道多个定时器可以串联使用, 这样一来, 延时的时间更长了。前面定时器延时结束时启动下一个定时器。但值得注意的是在实际的继电器控制系统中, 时间继电器却不能串联使用, 这一点在将可编程控制器应用到继电器控制系统时要格外注意。

应用举例

使用高级指令 F0[MV](高级指令见本章的第二部分)能够改变定时器的预置值(见图 4.1.2.1)。当控制触点 X1 闭合时, 将设置时间由 5s 改为 2s 。即预置值的直接设定具有优先权, 若按先闭合 X1, 后闭合 X0 的顺序来操作, 此时延时时间为 2s 。在只闭合 X0 的情况下, 延时时间为 5s 。若先闭合 X0, 后闭合 X1, 因为先执行的是定时器指令, 所以高级指令 F0[MV]不起作用, 延时时间仍为 5s 。

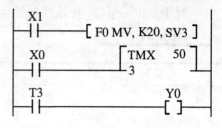

图 4.1.2.1 梯形图

2. CT 指令

CT:计数器指令, 减计数型预置计数方式。

FP1-C24 型可编程控制器共有 44 个计数器, 它们的编号为 C100 ~ C143 。

应用举例

梯形图	助记符	时序图
计数器触发信号 X0 — CT 预置值 10 / 计数器复位信号 X1 — 100 / C100 ← 计数器编号 — Y0	0 ST X0 1 ST X1 2 CT 100 K 10 5 ST C100 6 OT Y0	10次 X0 X1 C100 Y0

和定时器一样, 对应每个计数器编号, 都有一组编号相同的 16 位 SV 和 EV 存储单元, 有多少个计数器, 就有多少个同计数器编号——对应的 SV 和 EV 存储单元。

对于这个例子, 当控制触点 X0 闭合到第十次时(PLC 每检测到一次上升沿时, 经过值存储单元" EV100 "减 1), 计数器触点 C100 闭合, 随后输出继电器 Y0 接通。当计数器复位触点闭合时, 经过值存储单元" EV100 "复位, 计数器触点 C100 释放, 输出继电器 Y0 断电。

和定时器一样, 计数器也可以用预置值存储器单元" SV100 "对预置值进行十进制常数设定, 其原理和过程同定时器相同, 这里就不再赘述了。

除了 CT 指令计数外, 还有高级指令的可逆计数器将在本章的第二部分介绍。

3. SR 指令

SR:左移寄存器指令, 该指令的功能是将 16 位(16-bit)的内部字继电器(WR)的数据左移一位(1-bit)。

在用 SR 指令编程时, 一定要有数据输入、移位和复位触发信号。

对于数据信号输入端, 当输入控制触点闭合时, 新移进数据为" 1 ";当输入控制触点断开时, 新移进数据为" 0 "。

对于移位触发信号端, 在控制触点闭合一瞬间数据左移 1-bit 。

对于复位信号端, 在该控制触点闭合时, 数据区所有位变为 " 0 " 。

应用举例

梯形图	助记符	时序图
X0 数据输入　数据区 X1 移位触发信号　SR　WR3 X2 复位触发信号	0 ST　X0 1 ST　X1 2 ST　X2 3 SR WR 3	X0 ON OFF X1 X2 R30 R31 R32 R33 R34

在这个例子中, X0 为数据输入端。当 X0 闭合时, 在移位触发信号 X1 触点的作用下新移进数据为 1, 即将 R30 置为 1 。当 X0 断开时, 在移位触发信号 X1 触点的作用下新移进数据为 0, 即将 R30 置为 0 。

如果复位输入(X2)触点闭合, 则 WR3 的内容被清零。即数据区的所有位都变为 0 。当 PLC 同时检测到复位触发信号和移位触发信号时, 复位触发优先。

在本例中我们只给出了内部字继电器 WR3 的前五位数据(R30 ~ R34), 其余位的波形读者根据所给出的时序图不难画出。

除了 SR 指令的左移寄存器外, 还有高级指令的左右移位寄存器将在本章的第二部分介绍。

三、控制指令

控制指令在 PLC 的指令系统占有重要的地位, 控制指令用来决定程序执行的顺序和流程, 用好控制指令, 能够使程序更加整齐、清晰和易读。

1. MC 和 MCE 指令

MC 和 MCE:主控继电器和主控继电器结束指令, 当控制触点闭合时, 执行 MC 至 MCE 间的指令;当控制触点断开时, 执行 MC 至 MCE 以外的指令。

应当指出, 在主控继电器触点断开时, 在 MC 至 MCE 之间的程序只是处于停控状态, 可编程控制器仍然扫描这段程序, 不能简单地认为可编程控制器跳过了这段程序。因此在使用 MC 和 MCE 指令要注意以下几点:

- 当主控继电器指令前面的控制触点断开时, 在 MC 和 MCE 之间程序中所有 OT(输出 Y 或 R)为断开。
- 当主控继电器指令前面的控制触点断开时, KP 、 SET 和 RST 呈保持状态, 即使已经执行过 MC 和 MCE 之间的程序(该程序中有 KP 、 SET 和 RST 指令)后再断开控制触点, 由 KP 、 SET 和 RST 指令设置的状态仍然保持下去。

- 当主控继电器指令前面的控制触点断开时, 定时器TM复位, 计数器CT和左移寄存器 SR 经过值保持, 其它指令不执行。
- 当主控继电器指令前面的控制触点断开时, 则在 MC 和 MCE 指令之间的微分指令无效。

应用举例

梯形图	助记符	时序图
X0 触发信号 MC 0 X1 Y0 X2 MC指令编号 MCE 0	0 ST X0 1 MC 0 3 ST X1 4 OR/ X2 5 OT Y0 6 MCE 0	X0 ON/OFF X1 X2 Y0

使用 MC 和 MCE 指令有如下几点规定:

- MC 指令不能直接从母线开始。
- 在程序中 MC 和 MCE 应成对出现, 且每对编号相同(编号可以取 0 ～ 31 以内的任何整数)。不能出现两个或多个相同编号的主控继电器指令对, 而且 MC 和 MCE 的顺序不能颠倒。
- 在一对主控继电器指令(MC 、 MCE)之间可以嵌套另一对主控继电器指令(见图 4.1.3.1)。

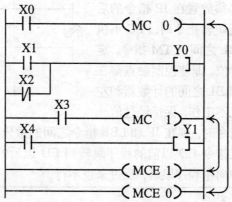

图 4.1.3.1　梯形图

---

2. JP 和 LBL 指令

JP 和 **LBL**:跳转和跳转标记指令, 当控制触点闭合时, 跳转到和 JP 相同标记号的 LBL 处, 不执行 JP 和 LBL 之间的程序, 转而执行 LBL 指令以下的程序, 标记号取 0 ～

63 以内的任何整数。

应用举例

梯形图	助记符	时序图
X0 跳转控制触点 ⊣⊢ ——（JP　0） X1 ⊣⊢ ——[Y0] 跳转标记编号 ——（LBL　0） X2 ⊣⊢ ——[Y1]	0　ST　　X0 1　JP　　　0 3　ST　　X1 4　OT　　Y0 5　LBL　　0 6　ST　　X2 7　OT　　Y1	(时序图)

当执行跳转指令时，由于在 JP 和 LBL 之间的程序未被执行，所以扫描周期变短。
在使用 JP 和 LBL 指令时要注意以下几点：

- 可以使用多个标记号相同的 JP 指令，但不能出现标记号相同的 LBL 指令，即允许设置多个跳向一处的转跳点(见图 4.1.3.2)。
- 在一对跳转指令(JP、LBL)之间可以嵌套另一对跳转指令(见图 4.1.3.2)。
- LBL 指令必须放置在 JP 指令的后面。当执行跳转指令时，PLC 不执行 JP 和 LBL 之间的 TM 指令，定时器 TM 复位。即使控制触点都在工作，JP 和 LBL 之间的计数器和左移寄存器也不工作，保持经过值。

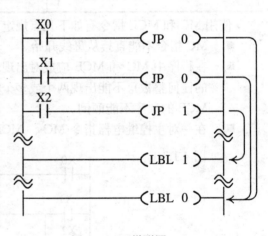

图 4.1.3.2　梯形图

- 执行跳转指令时，则在 JP 和 LBL 指令之间的微分指令无效。
- 不能从结束指令 ED 以前的程序跳转到 ED 以后的程序区；也不能从子程序或中断程序中向主程序跳转，反过来也不行。

3. LOOP 和 LBL 指令

LOOP 和 LBL：循环指令和循环标记指令，循环标记编号取 0 ~ 63 以内的任何整数。当控制触点闭合时，反复执行 LOOP 和 LBL 之间的程序，每执行一次，数据寄存器 DT0 中内容减 1，直到 DT0 中的内容为 0，循环停止。

当 LBL 指令位于 LOOP 指令的上面时，执行循环指令的整个过程都是在一个扫描周期内完成的，所以整个循环过程不可太长，否则扫描周期变长，影响了 PLC 的响应速度，有时甚至会出错。

LOOP 和 LBL 指令应成对使用，且编号应相同。 在程序中同时使用 JP 指令时，要注意区分各自的 LBL 的编号，避免用相同的编号。

LBL 指令可以放在 LOOP 的指令上面，也可以放在 LOOP 指令的下面，但工作过程有所不同，尤其当使用定时器、计数器和移位寄存器时，情况就更为复杂，希望读者仔细推敲，我们建议最好将 LBL 指令放在 LOOP 指令的上面。

应用举例

梯形图	助记符
循环控制触点 ——(LBL 0)—— ～～ X1 ／ 循环标记编号 ┤├——[LOOP 0 DT 0] 　　　　　　　　S	：　　： 20　LBL　　0 ：　　： 30　ST　　X1 31　LOOP　0 　　DT0

4. NSTP 、 NSTL 、 SSTP 、 CSTP 和 STPE 指令

NSTP 、 NSTL 、 SSTP 、 CSTP 和 STPE 这组指令统称步进指令。

NSTP：转入步进指令(脉冲式)，当控制触点闭合一瞬间，程序转入下一段步进程序段，并将前面程序所用过的数据区清除，输出(OT)关断、定时器(TM)复位。

NSTL：转入步进指令(扫描式)，当控制触点闭合后，程序转入下一段步进程序段，并将前面程序所用过的数据区清除，输出(OT)关断、定时器(TM)复位。

SSTP：步进开始指令，表明开始执行该段步进程序。

CSTP：步进清除指令，当最后的一个步进段的程序结束后，使用这条指令清除数据区，输出(OT)关断、定时器(TM)复位。

STPE：步进结束指令，结束整个步进过程。

下面的例子给出了步进指令编写程序的一般格式，步进程序必须严格按此格式书写。在步进程序中，输出(OT)可以直接连接到左母线上。

NSTP 、 NSTL 、 SSTP 、 CSTP 和 STPE 这一组指令用于可编程控制器的步进控制编程。步进控制编程是可编程控制器应用非常重要的一个方面，尤其适用于顺序控制。可以根据实际的工艺流程需要，将整个系统的控制程序划分为一段段相对独立的程序，使用步进指令分段执行这些程序段，以达到顺序控制的目的。步进指令按严格的顺序分别执行各个程序段，每一段程序都有自己的编号，编号可以取 0 ~ 127 中的任意数字，但不能和别的程序段编号相同。只有执行完前一段程序后，下一段程序才能被激活。在执行下一段程序之前，PLC 要将前面程序所用过的数据区清除，输出(OT)关断、定时器(TM)复位，为下一段程序的执行做准备。

使用步进指令须注意以下几点：

■　在每个步进程序段不能使用下列指令：

① JP 和 LBL 指令；

② LOOP 和 LBL 指令；

③ MC 和 MCE 指令；

④ SUB 和 RET 指令(子程序入口和子程序返回)；

⑤ ED 指令；

⑥ CNDE 指令。

- 步进指令可以不按编号的顺序排列，因为 PLC 执行步进程序时，是按梯形图上的所排列的顺序来执行每一段步进程序的。

- 要注意区分 NSTP(脉冲式)和 NSTL(扫描式)这两条指令的区别。对于 NSTP 指令，只有检测到控制触点闭合的一瞬间(触发信号前沿)，才执行 NSTP 指令，若检测不到触发信号前沿，即使控制触点是闭合的，也不执行 NSTP 指令。NSTL(扫描式)指令则不一样，只要控制触点是闭合的，就执行 NSTL 指令。

应用举例

梯形图	助记符	
X0 触发信号 (NSTP 1) 步进程序编号 (SSTP 1) Y0 [ ] X1 触发信号 (NSTL 2) (SSTP 2) 步进程序编号 X3 触发信号 (CSTP 30) (STPE)	10 ST 11 NSTP 14 SSTP 17 OT 18 ST 19 NSTL 22 SSTP : 80 ST 81 CSTP 84 STPE :	X0 1 1 Y0 X1 2 2 X3 30

该梯形图表示的步进过程是这样进行的：

当控制触点 X0 闭合的一瞬间，开始执行第一段程序(从 SSTP1 到 SSTP2)。

当控制触点 X1 闭合后，做清除由第一段程序占用的数据区等工作，执行第二段程序。

当控制触点 X3 闭合的一瞬间，做清除由第三十段程序占用的数据区等工作，整个步进程序执行过程结束。

尽管在每个步进程序段中的程序都是相对独立的，但在各段程序中的输出继电器、内部继电器、定时器、计数器不能出现相同的编号，否则按出错处理。

步进指令还可以实现选择分支控制和并行分支控制。

5. ED 和 CNDE 指令

ED:结束指令,表示主程序结束。

CNDE:条件结束指令,当控制触点闭合时,可编程控制器不再继续执行程序,返回起始地址。

ED 和 CNDE 指令的使用方法见图 4.1.3.3 。

程序运行的顺序是:

当 X0 断开时,PLC 执行完程序 I 后并不结束,直到程序 II 被执行完之后才结束全部程序,并返回起始地址。在这次程序的执行中,CNDE 不起作用,只有 ED 起作用。

当 X0 接通时,PLC 执行完程序 I 后遇到 CNDE 指令不在继续执行 CNDE 以下的程序,而是返回起始地址,重新执行程序 I 。

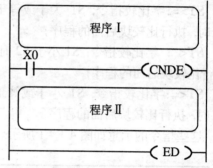

图 4.1.3.3　梯形图

四、比较指令

在 FP1-C24 型可编程控制器的指令系统中共有各种类型的比较指令 36 条,比较指令的使用方式较简单,由于篇幅所限,不能一一列举,只介绍其中几条指令的用法,通过理解这几条指令的使用,举一反三,读者就不难理解其他比较指令的用法了。其他指令的用法参见本书的附录和 FP1-C24 的产品手册。

比较指令使用的操作数来自以下数据存储区单元和数据:

继电器			定时器/计数器		寄存器	索引寄存器		常数	
WX	WY	WR	SV	EV	DT	IX	IY	K	H

1. ST = 指令

ST = :字比较指令,比较结果相等时,执行比较块后面的程序。

应用举例

梯形图	助记符		
⊢=, DT0, K50 ⊣ Y0	0	ST =	
S1　S2		DT	0
		K	50
	5	OT	Y0

该指令将数据寄存器 DT0 的内容与常数 K50 比较,如果 DT0 = K50,则外部输出继电器 Y0 接通。注意比较指令直接同母线相连。从某种意义上来看,比较指令也相当一

有条件的控制触点。根据比较条件，将操作数 S1 和 S2 进行比较，触点的通断取决于比较的结果。如果 S1 等于 S2，条件满足，则触点接通，反之断开。类似的指令还有五条：

ST<>：字比较指令，S1 不等于 S2 时，执行比较块后面的程序；

ST>：字比较指令，S1 大于 S2 时，执行比较块后面的程序；

ST>=：字比较指令，S1 大于或等于 S2 时，执行比较块后面的程序；

ST<：字比较指令，S1 小于 S2 时，执行比较块后面的程序；

ST<=：字比较指令，S1 小于或等于 S2 时，执行比较块后面的程序。

这些指令的示意如图 4.1.4.1 所示。

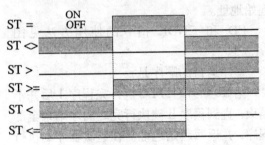

图 4.1.4.1　比较指令示意图

---

2. AN <> 指令

AN <>：字比较指令，不等时与。

类似的指令还有五条：

AN =：字比较指令，相等时与；

AN >：字比较指令，大于时与；

AN >=：字比较指令，大于等于时与；

AN <：字比较指令，小于时与；

AN <=：字比较指令，小于等于时与。

应用举例

梯形图	助记符	
	0　ST<	
	DT	0
（如图：┤[< DT0, K70]├┤[<> DT1, K50]├─(Y0)─） S1 S2	K	70
	5　AN <>	
	DT	1
	K	50
	10　OT	Y0

将数据寄存器 DT0 的内容与常数 K70 比较，数据寄存器 DT1 的内容与常数 K50 比较，如果(DT0) < K70，且(DT1) ≠ K50，则外部输出继电器 Y0 接通。

使用该指令应注意输出继电器的接通与否取决于必须同时满足两个由两个单字相比较的结果，即把两个相比较的结果进行 AND(与)运算。如果把两个比较块看成是两个触点的话，则这两个触点相串联。当这两个触点全都闭合时，这两条指令后面的指令才得以执行。

使用 AN= 指令一定要注意所使用的数据寄存器保持一致。

3. OR = 指令

OR = :字比较指令，相等时或。

应用举例

梯形图	助记符		
[<> DT0, K70] ─Y0─ [=, DT1, K50] S1 S2	0	ST<>	
		DT	0
		K	70
	5	OR =	
		DT	1
		K	50
	10	OT	Y0

将数据寄存器 DT0 的内容与常数 K70 比较，数据寄存器 DT1 的内容与常数 K50 比较，如果(DT0) ≠ K70，或(DT1) = K50，则外部输出继电器 Y0 接通。

如果把两个比较块看成是两个触点的话，则这两个触点相并联。

类似的指令还有五条：

OR <> :字比较指令，不等时或；

OR > :字比较指令，大于时或；

OR >= :字比较指令，大于等于时或；

OR < :字比较指令，小于时或；

OR <= :字比较指令，小于等于时或。

4. STD = 指令

STD = :双字比较指令，比较结果相等时，执行比较块后面的程序。

应用举例

梯形图	助记符		
─[D =, DT0, K50]─Y0─ 　　　　 S1 S2	0	STD =	
		DT	0
		K	50
	9	OT	Y0

在这里如果取数据寄存器单元为 DT0，则 D 为 DT1；如果取数据寄存器单元为 DTn (n = 0,1,2,3,4 …)，则 D 为 DTn+1。这对其它数据寄存器单元也同样适用(如 WX、WY 等)。

对于这个例子，将数据寄存器 DT1、DT0 的内容与常数 K50 比较，如果 DT1、DT0

的内容等于 K50 的话, 则外部输出继电器 Y0 接通。

类似的指令还有五条:

STD <>:双字比较指令, 不等时执行比较块后面的程序;

STD >:双字比较指令, 大于时执行比较块后面的程序;

STD >=:双字比较指令, 大于等于时执行比较块后面的程序;

STD <:双字比较指令, 小于时执行比较块后面的程序;

STD <=:双字比较指令, 小于等于时执行比较块后面的程序。

---

5. AND = 指令

AND =:双字比较指令, 相等时与。

类似的指令还有五条:

AND <>:双字比较指令, 不相等时与;

AND >:双字比较指令, 大于时与;

AND >=:双字比较指令, 大于等于时与;

AND <:双字比较指令, 小于时与;

AND <=:双字比较指令, 小于等于时与。

应用举例

梯形图	助记符
┤├ ─[D =, DT0, K70]─ ─[D =, DT10, K50]─ ─(Y0)─　　　　　　　　　　　　　　S1　　S2	0　　STD = 　　　　DT　　0 　　　　K　　70 9　　AND = 　　　　DT　　10 　　　　K　　50 18　　OT　　Y0

将数据寄存器 DT1 、DT0 的内容与常数 K70 比较, DT10 、DT11 的内容与常数 K50 比较。如果(DT1 、DT0) = K70, (DT10 、DT11) = K50, 则外部输出继电器 Y0 接通。

6.　ORD = 指令

ORD =:双字比较指令, 相等时或。

在比较的条件下, 通过比较两个双字数据来执行 OR(或)运算。能否继续执行比较指令后面的程序取决于比较结果。

类似的指令还有五条:

ORD <>:双字比较指令, 不相等时或;

ORD >:双字比较指令, 大于时或;

ORD >=:双字比较指令, 大于等于时或;

ORD <:双字比较指令, 小于时或;

ORD <=: 双字比较指令, 小于等于时或。

应用举例

梯形图	助记符
	0　STD<>　　DT　　0　　K　　70　9　ORD =　　DT　　10　　K　　50　18　OT　　Y0

将数据寄存器 DT1 、 DT0 的内容与常数 K70 进行比较, 将 DT11 、 DT10 的内容与常数 K50 比较。如果(DT1 、 DT0) ≠ K70 或 (DT11 、 DT10) = K50, 则外部输出继电器 Y0 接通。

在前面分四节介绍了常用的基本指令, 本书没有介绍到的基本指令请读者查阅使用手册。

4.2 高级指令

FP1-C24 的指令系统非常丰富, 除了上述的基本指令以外, 还有 100 多条高级指令。将基本指令和高级指令结合在一起编程, 从而使控制变得更加灵活、方便, 使可编程控制器的功能变得更加强大。

在 FP1-C24 的指令系统中, 由于高级指令在指令功能号前冠以大写字母" F ", 所以我们一般把高级指令称为 F 指令。在 FP1-C24 指令系统中, F 指令按功能可分为以下几种类型:

- 数据传输指令;
- BIN(二进制)算术运算指令;
- BCD 算术运算指令;
- 数据比较指令;
- 数据移位指令;
- 可逆计数器指令和左/右移寄存器指令;
- 数据循环移位指令;
- 位操作指令;
- 辅助定时器指令;
- 特殊指令;
- 高速计数器特殊指令。

由于高级指令种类繁多, 在这里我们不可能一一介绍, 我们挑一些常用和典型的高级指令介绍给读者, 其它高级指令读者可查阅本书的附录或使用手册。

一、高级指令的构成方式

高级指令由高级指令功能号、助记符和操作数三部分构成(见图 4.2.1.1)。

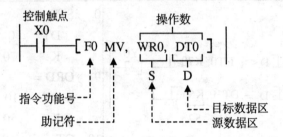

图 4.2.1.1　高级指令的构成

当向可编程控制器输入程序时, 高级指令的功能号(从 F0 ～ F165)用来区分各种高级指令。

通过助记符我们可以大致了解该指令的功能。例如图 4.2.1.1 所示的高级指令为一数据传输指令, 助记符 MV 是英文 MOVE(移动)的缩写。

源数据区一般存放操作数(称源操作数), 目标数据区存放操作结果数(称目的操作数), 在 FP1-C24 型可编程控制器中处理的数据有 16-bit(单字)和 32-bit(双字)的数据, 在位操作指令下, 它还能以位(1-bit)处理数据。

使用高级指令注意以下几个问题:

- 编程时, 在高级指令的前面必须加控制触点。
- 当控制触点闭合后, 指令在每次扫描过程中都被执行一次, 根据控制要求往往只须执行一次的高级指令, 则应在高级指令的前面使用微分指令(DF), 这样该指令只在触发信号的上升沿执行一次。
- 如果多个高级指令连续使用同一触发信号, 则在编程时不必每次都画出或写出该触发信号。在图 4.2.1.2 所示的程序中, 第二、第三个指令的 X0 可以省略。

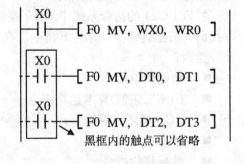

图 4.2.1.2　梯形图

二、高级指令

1. F0 (MV) 指令

F0 (MV): 16 位数据传输指令, 将 16-bit 数据从一个 16-bit 区拷贝到另一个 16-bit 区。

F0 (MV)指令可以使用作为数据区的寄存器和常数为:

操作数	继电器			定时器/计数器		寄存器	索引寄存器		常数		索引修正值
	WX	WY	WR	SV	EV	DT	IX	IY	K	H	
S	√	√	√	√	√	√	√	√	√	√	√
D		√	√	√	√	√	√	√			√

S — 16-bit 的源操作数;

D — 16-bit 的目的操作数。

应用举例

梯形图	助记符
X0 ├─┤ ├─[F0 MV, WX0, WR0] 　　　　　　　S　　D	0　ST　　　X0 1　F0　(MV) 　　WX　　　0 　　WR　　　0

当控制触点 X0 闭合后,外部输入字继电器 WX0 的内容传送到内部字继电器 WR0,WX0 中的内容不变。

2. F1 (DMV) 指令

F1 (DMV):32-bit 数据传输指令,将 32-bit 数据从一个 32-bit 区拷贝到另一个 32-bit 区。可编程控制器在处理 32-bit 数据时,是采用两个 16-bit 的寄存器单元来存储一个 32-bit 数据的。若一个 32-bit 数据的低 16 位放在 WX0 中的话,则高 16 位就自动指定放在 WX1 中。即存放高 16 位数据寄存器单元的地址是低 16 位数据寄存器的地址加 1 。

F0 (DMV)指令可以使用作为数据区的寄存器和常数为:

操作数	继电器			定时器/计数器		寄存器	索引寄存器		常数		索引修正值
	WX	WY	WR	SV	EV	DT	IX	IY	K	H	
S	√	√	√	√	√	√	√		√	√	√
D		√	√	√	√	√	√				√

S — 32-bit 的源操作数;

D — 32-bit 的目的操作数。

应用举例

梯形图	助记符
X0 ├─┤ ├─[F1 DMV, WR0, DT0] 　　　　　　　S　　D	0　ST　　　X0 1　F1　(DMV) 　　WR　　　0 　　DT　　　0

当控制触点闭合后，内部字继电器WR1、WR0的内容传送到内部字继电器DT1、DT0中，WR1、WR0中的内容不变。

3. F22 (+) 指令

F22 (+)：16-bit数据求和指令，将两个16-bit数据相加，结果存放在指定数据区。

F22 (+) 指令可以使用作为数据区的寄存器和常数为：

操作数	继电器			定时器/计数器		寄存器	索引寄存器		常数		索引修正值
	WX	WY	WR	SV	EV	DT	IX	IY	K	H	
S1	√	√	√	√	√	√	√	√	√	√	√
S2	√	√	√	√	√	√	√	√	√	√	√
D		√	√	√	√	√	√	√			√

S1 — 16-bit 的常数或存放在数据区的数据(被加数)；

S2 — 16-bit 的常数或存放在数据区的数据(加数)；

D — 16-bit 数据区(存放运算结果)。

应用举例

梯形图	助记符
X0 ├┤├──[F22 + ，DT0，DT1，WY0] 　　　　　　 S1　 S2　 D	0　ST　　X0 1　F22　(+) 　　DT　　　0 　　DT　　　1 　　WY　　　0

当控制触点X0闭合后，数据寄存器DT0和DT1的内容相加，相加结果存放在外部输出字继电器WY0中。

4. F60 (CMP)指令

F60 (CMP)：16-bit数据比较指令，指令的功能是将两个16-bit数据相比较。

F60 (CMP)指令可以使用作为数据区的寄存器和常数为：

操作数	继电器			定时器/计数器		寄存器	索引寄存器		常数		索引修正值
	WX	WY	WR	SV	EV	DT	IX	IY	K	H	
S1	√	√	√	√	√	√	√	√	√	√	√
S2	√	√	√	√	√	√	√	√	√	√	√

S1 — 16-bit 的被比较操作数；

S2 — 16-bit 的被比较操作数。

PLC专门指定特殊数据寄存器R900A、R900B和R900C作为F60 (CMP)指令比较结果标志的，若在程序中其它部分也使用了这些特殊数据寄存器，使用与触发 F60

(CMP)指令相同的触发信号可防止其它指令执行的结果影响比较结果。

应用举例

梯形图	助记符

	0	ST	X0
	1	F60	(CMP)
		DT	0
		K	100
	6	ST	X0
	7	AN	R 900A
	8	OT	R0
	9	ST	X0
	10	AN	R 900B
	11	OT	R1
	12	ST	X0
	13	AN	R 900C
	14	OT	R2

梯形图部分：

X0 —[F60 CMP, DT0(S1), K100(S2)]
X0 R900A —(R0)
X0 R900B —(R1)
X0 R900C —(R2)

控制触点应与F60(CMP)的控制触点相同

在此例中，当控制触点 X0 闭合后，将数据寄存器 DT0 的内容与十进制常数 K100 进行比较：

当 DT0 > K100 时，内部继电器 (R0)接通；
当 DT0 = K100 时，内部继电器 (R1)接通；
当 DT0 < K100 时，内部继电器 (R2)接通。

5. F118（UDC）指令

F118（UDC）：可逆计数器指令，该指令的功能为在加/减控制触点的控制下对一指定的寄存器进行加/减计数。

F118 (UDC)指令可以使用作为数据区的寄存器和常数为：

操作数	继电器			定时器/计数器		寄存器	索引寄存器		常数		索引修正值
	WX	WY	WR	SV	EV	DT	IX	IY	K	H	
S	√	√	√	√	√	√			√	√	
D		√	√	√	√	√					

S — 16-bit 计数器初始值；
D — 经过值。

可逆计数器必须有三个控制触点才能正常工作，对于下例中的可逆计数器：
触点 X0 为加/减计数控制触点。X0 闭合时，为加计数；X0 断开时，为减计数。
触点 X1 为计数触点，X1 开合的次数即为计数值。

触点 X2 为复位触点。

应用举例

梯形图	助记符

梯形图:

加/减计数控制
X0 ── F118 UDC
X1 计数触点 S → (WR0)
X2 复位触点 D → (DT0)
R9010 ──[F60 CMP, K10 DT0]
R900B ── Y0

助记符:

```
0   ST      X0
1   ST      X1
2   ST      X2
3   F118 (UDC)
    WR      0
    DT      0
8   ST      R9010
9   F60 (CMP)
    K       10
    DT      0
14  ST      R900B
15  OT      Y0
```

　　当 X2 闭合的一瞬间(即触发信号的上升沿), DT0 中的内容清零。但应当注意, X2 处于闭合状态时, DT0 中的内容就一直为零。当 X2 断开的一瞬间(即触发信号的下降沿), 寄存器 WR0 中的内容被传送到 DT0 中。

　　在上面的梯形图中, 当触点 X2 闭合时, 寄存器 DT0 被清零; 当触点 X2 断开时, 寄存器 WR0 中的内容被传送到 DT0 中。对于本例, 由于 PLC 复位后 WR0 的内容为零, 故 DT0 的内容也为零。

　　若 X0 闭合, 则触点 X1 每闭合一次, 寄存器 DT0 中的内容就加 1;

　　若 X0 断开, 则触点 X1 每闭合一次, 寄存器 DT0 中的内容就减 1。

　　特别值得注意的是, 和 CT 指令不同, F118 (UDC)指令不是一个减预置值的计数器, 所以它只能加/减计数, 它本身永远不会 "动作", 故 F118 (UDC)指令没有触点。若要利用它进行控制的话, 则必须借助一些其它指令以达到控制的目的。在本例中, 使用了 F60 (CMP)指令。

　　将数据寄存器 DT0 的内容与十进制数 K10 进行比较, 若 X0 是闭合的话, 当触点 X1 闭合 10 次以后, 即 (DT0) = 10, 则特殊内部继电器 R900B 闭合, 输出继电器 Y0 接通。

　　在这个例子中使用了特殊内部继电器 R9010 (常闭继电器), 起到了将 F60 (CMP)直接连接到左母线上的作用。

　　在 FP1-C24 的内部有许多特殊内部继电器(见书后附录 "特殊内部继电器表"), 其编号从 R9000 至 R903B。这些继电器在应用编程中非常有用, 希望读者留意。

6. F119 (LRSR)指令

　　F119 (LRSR):左/右移位寄存器指令, 16-bit 内部继电器中的数据向左或向右移动 1-bit。

F119 (LRSR)指令可以使用作为数据区的寄存器和常数为：

操作数	继电器			定时器/计数器		寄存器	索引寄存器		常数		索引修正值
	WX	WY	WR	SV	EV	DT	IX	IY	K	H	
D1		√	√	√	√	√					
D2		√	√	√	√	√					

D1 — 移位(左移或右移)范围内末址寄存器；

D2 — 移位(左移或右移)范围内首址寄存器。

应用举例

梯形图	助记符
左/右移位控制 X0 ⊢⊢ 　数据输入 X1 ⊢⊢　　F119　LRSR 　移位触发　　→ DT0 X2 ⊢⊢　　D1 　复位触发　　DT3 X3 ⊢⊢　　D2	10　ST　　X0 11　ST　　X1 12　ST　　X2 13　ST　　X3 14　F 119(LRSR) 　　DT　　　0 　　DT　　　3

控制触点 X0 决定移位的方向, X0 闭合, 数据向左移, X0 断开, 数据向右移。

控制触点 X1 为数据输入端。当 X1 闭合时, 相当于输入" 1 ", 当 X1 断开时, 相当于输入" 0 "。

控制触点 X2 为移位脉冲输入端。触点每闭合一次, 数据移一位。

控制触点 X3 为复位、清除端。当触点闭合时, 从 DT0 ~ DT3 所有寄存器的内容都清零。

对于本例, 若 X0 闭合, X1 闭合, 则当 X2 闭合后, 从 DT0 ~ DT3 所有寄存器的内容(此时相当于 DT0 ~ DT3 四个寄存器从低位到高位串接起来)都向左移了一位(1-bit)。DT0 内的最低数据位变成" 1 "。

7. F130 (BTS)指令

F130 (BTS): 位操作指令, 16-bit 数据置位指令。利用该指令可将某个寄存器的 16-bit 数据中的任意一位置位。

利用这条指令, 通过改变 n 的值(注意 n 的取值范围), 就可以对寄存器中数据的任意位进行置位。

除了被置位位, 其它位数据不变。

F130 (BTS)指令可以使用作为数据区的寄存器和常数为：

操作数	继电器			定时器/ 计数器		寄存器	索引 寄存器		常数		索引 修正值
	WX	WY	WR	SV	EV	DT	IX	IY	K	H	
D		√	√	√	√	√	√	√			√
n	√	√	√	√	√	√	√	√	√	√	√

D —— 指定的 16-bit 寄存器;

n —— 16-bit 数据中被指定的某位, n 取值的范围为: K0 ~ K15。

应用举例

梯形图	助记符
X0　[F130 BTS,　DT0,　K7] 　　　　　　　　　D　　n	10　ST　　　X0 11　F130 (BTS) 　　　DT　　　　0 　　　K　　　　7

对于本例, 当控制触点 X0 闭合后, 寄存器 DT0 内的 16-bit 数据中的第八位被置位, 即该位若原来为 " 1 ", 在指令执行后, 保持 " 1 " 不变; 该位若原来为 " 0 ", 在指令执行后, 置为 " 1 "。

8. F131 (BTR)指令

F131 (BTR): 位操作指令, 16-bit 数据复位指令。利用该指令可将某个寄存器的 16-bit 数据中的任意一位复位。

F131 (BTR)指令可以使用作为数据区的寄存器和常数为:

操作数	继电器			定时器/ 计数器		寄存器	索引 寄存器		常数		索引 修正值
	WX	WY	WR	SV	EV	DT	IX	IY	K	H	
D		√	√	√	√	√	√	√			√
n	√	√	√	√	√	√	√	√	√	√	√

D —— 指定的 16-bit 寄存器;

n —— 16-bit 数据中被指定的某位, n 取值的范围为: K0 ~ K15。

利用这条指令, 通过改变 n 的值(注意 n 的取值范围), 就可以对寄存器中数据的任意位进行复位。

除了被复位位, 其它位数据不变。

另外还有一些位操作指令, 像 F132(BTI)(16 位求反指令)指令和 F133(BTT)(16 位数据测试指令)等, 这些高级指令在编程中十分有用, 读者在下一章将可以看到, 同样的一种控制要求, 使用一般基本指令进行编程, 程序往往比较复杂。但使用了位操作指令后, 在满足同样控制要求的条件下, 程序将变得十分简单。我们在编程时利用好位操作指令, 将往往能起到意想不到的效果。

应用举例

梯形图	助记符		
X0 ⊢⊢[F131 BTR, DT0, K7] 　　　　　　　　D 　　n	10	ST	X0
	11	F131 (BTR)	
		DT	0
		K	7

对于本例，当控制触点 X0 闭合后，寄存器 DT0 内的 16-bit 数据中的第八位被复位，即该位若原来为" 0 "，在指令执行后，保持" 0 "不变；该位若原来为" 1 "，在指令执行后，复位为" 0 "。

对于高级指令，我们就介绍到这里。其它没有介绍到的高级指令其格式和编程方式同上面讲过的指令大致相同，读者在此基础上，不难理解和运用高级指令了。

在这一章，介绍了一些常用和典型的基本指令和高级指令。为了便于读者对指令加深理解，差不多对每条指令都举例进行了说明。我们希望如果有条件的话，尽量在可编程控制器上将这些例子运行一下。通过实践，对指令的功能及应用将有更深一层的体会。为下一步解决实际问题编程打下深厚的基础。

在下一章，我们将利用这些指令编写程序，解决一些工程上的实际问题。

第 5 章
可编程控制器的应用编程

可编程控制器的应用编程是将可编程控制器应用到实际的生产过程和生产机械控制的最为关键的一环，也是整个电控系统设计的核心。

应当指出，早期的可编程控制器原来是为了开关量控制，用以取代继电器控制系统而设计的。但现代的可编程控制器的功能已远远超出这个范围了，这一点从我们前面学过的指令系统可能读者有了一定的体会。所以在编写可编程控制器的应用程序的时候，我们既利用以前设计继电器控制系统的经验，但又不拘泥于此。充分利用现代可编程控制器具有的而继电器控制系统又很难实现的一些特殊的功能。

本章首先介绍可编程控制器的应用编程的特点和一些编程的基本原则。然后给出一些常见的基本控制环节的应用编程。最后通过一些短小、易读、实用的工程应用举例使读者初步掌握可编程控制器的应用编程的方法和步骤，对应用编程有更深的体会，从而使读者对可编程控制器的编程和应用有很快的突破。

与其它教材不同，我们不举较大的工程应用的例子，这也是本书的一个特点。编者认为，与其花费很大的气力读懂一个大程序，还不如熟练掌握一些基本的应用编程方法和工程设计原则以后，结合具体的实际控制要求，自己编写一些应用程序，在实践中不断调整、提高，这样反而能更快地掌握可编程控制器的应用编程技术。

5.1　PLC应用编程特点和梯形图语言编程的基本要求

可编程控制器最初是用来替代继电器控制系统的，它经常使用的编程语言是梯形图语言。梯形图与继电器控制原理图类似，这种编程语言形象直观，容易掌握，所以深受具有继电器控制方面知识的广大工程技术人员的喜爱。可编程控制器虽然在工作上尽量满足继电器控制系统原理的需要，但它的核心技术是计算机技术，在应用上还是同传统的继电器控制有一定的差别。在本节我们将就可编程控制器的应用编程特点和梯形图语言编程基本要求方面的内容进行讨论。

一、可编程控制器的应用编程特点

今天的可编程控制器种类繁多，但组成的一般原理大致相同，都是以计算机技术为核心技术的电子电气控制系统。通过前面的指令系统的学习，我们了解到可编程控制器各种功能的实现，主要是通过其软件实现的。实际上可编程控制器在某种意义上就是工业控制计算机，其内部结构、操作使用原理都与计算机相同。可编程控制器开始是作为继电器系统的替代物出现的，但随着可编程控制器技术的不断发展，尤其是高级指令的使用，使它与继电器控制逻辑的工作原理有了很大区别。下面让我们来讨论可编程控制器在应用编程时的一些特点。

1. 采用梯形图语言编程

梯形图语言是在可编程控制器编程中应用最广泛的语言。梯形图与继电器控制电路图的画法十分相似，并且信号的输入/输出形式及控制功能也大致是相同的。所以对于精通继电器控制系统设计原理的工程技术人员来说，用梯形图语言编程对于尽快掌握可编程控制器的应用无疑是十分方便和快捷的。

梯形图与继电器控制电路图虽然相近，但它们所表示出的工作特性却有一定的差别。继电器控制电路图所表示的线路只要接通电源，整个电路都处于带电状态，该闭合的继电器都同时闭合，不该闭合的继电器都因受某种条件的限制而不能闭合。继电器动作的顺序同它在电路图上的位置和顺序无关。这种工作方式称为并行工作方式。

而在梯形图中，并没有真正的电流流动。由于可编程控制器以扫描方式工作，所以可以认为在其内部有一个"能流"在流动，这个"能流"在梯形图中只能作单方向的流动，流动的方向从左到右，层次的改变只能先上后下。因而梯形图中的继电器都处于周期性的循环扫描接通状态中，各个继电器的动作次序决定于程序扫描的顺序，同它们在梯形图中的位置有关，这种工作方式称为串行工作方式。

2. 软继电器和软触点

梯形图中使用的继电器都是所谓的"软继电器"，这些"软继电器"实质上是寄存器各位中的某一位触发器，可以置"0"或置"1"。在可编程控制器中，"软继电器"种类多、数量大。仅就FP1-C24型PLC而言，共有R内部继电器(可作中间继电器用)1008个，特殊继电器64个，定时器/计数器144个。

每只"软继电器"提供的触点有无限多个，因为在寄存器中的触发器的状态可以读取任意次。而且这些"软触点"永无磨损现象。所以在编制应用程序时，不必费心思计算节省触点。一个继电器可以有无数个常闭和常开的触点。对于外部信号输入触点也是如此，对于可编程控制器外部的某个输入/输出控制触点，在梯形图里可以无数次地使用这个触点，既可用它的常闭形式，又可用它的常开形式。

3. 考虑输入/输出的滞后现象

以图 5.1.1.1 中的梯形图为例，说明输入/输出的滞后现象。

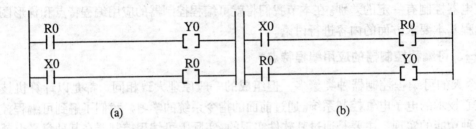

图 5.1.1.1　输入/输出滞后现象

可编程控制器采用扫描循环工作方式，扫描梯形图的顺序从左到右，由上而下。我们在这里设外部触点 X0 闭合。

对于图(a)，第一次进入扫描循环时，虽然外部触点 X0 已经闭合，但第一个扫描到的触点是 R0，这时 R0 是断开的，所以代表输出继电器 Y0 的映象寄存器是 OFF。当扫描到梯形图第二行的 X0 触点时，由于在输入采样阶段已将 X0 的输入映象寄存器转为 ON，所以将内部继电器 R0 接通。尽管 R0 此时已经接通，但由于扫描顺序的关系，它的触点在上一行，故代表输出继电器 Y0 的映象寄存器仍然是 OFF。扫描过程结束，进入输出刷新阶段，输出继电器 Y0 没有通电。

第二次进入扫描循环时，这一次触点 R0 是接通的，代表输出继电器 Y0 的映象寄存器转为 ON。当扫描梯形图过程结束后，进入输出刷新阶段，输出继电器 Y0 通电。

从上面的分析可以看出，虽然一开始触点 X0 就是闭合的，但第一个扫描周期过后 Y0 并未通电。第二个扫描周期过后 Y0 才被接通。也就是说 Y0 的接通被延迟了一个扫描周期。这种情形在继电器控制电路中是不存在的，只要 X0 闭合，Y0 即被接通。即使有延迟，那也只是继电器的机械延迟。

对于图(b)，结果就不一样了，按上述过程分析，当第一个扫描周期结束后，输出继电器 Y0 就通电了。

通过这个例子我们还可以了解到，同一个元件如果在梯形图中的位置和顺序不同的话，每次扫描程序执行的结果可能不同。这一点在今后的应用编程中要格外注意。这也是可编程控制器有别于其他控制器的特别之处。其根本原因就是可编程控制器是采用扫描工作方式。

4. 应用高级指令和特殊功能指令编程

可编程控制器采用计算机控制技术，近代可编程控制器的高级指令和特殊功能指令的使用使它处理复杂工程问题的能力大为提高。一些高级指令和特殊功能指令的功能已远远超出继电器控制技术的范畴。注意在编程中使用高级指令和特殊功能指令，往往能够收到事半功倍的效果。

二、梯形图语言编程的基本要求

1. 梯形图语言编程基本规则

① 程序的编写应按自上而下、从左至右的方式编写。

② 编程的顺序应体现"左沉右轻、上沉下轻"的原则。即串联多的电路尽量放上

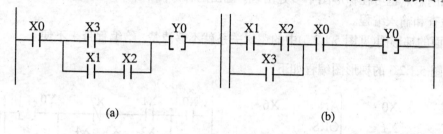

(a)   (b)

图 5.1.2.1 梯形图

部，并联多的电路尽量靠近母线。

对图(a)的梯形图编程如下：   对图(b)的梯形图编程如下：

ST	X0
ST	X3
ST	X1
AN	X2
ORS	
ANS	
OT	Y0

ST	X1
AN	X2
OR	X3
AN	X0
OT	Y0

从对图(a)和图(b)两个逻辑功能完全相同梯形图的编程可以看出，图(b)的梯形图体现了"左沉右轻、上沉下轻"的编程原则，所以程序简化了。

2. 避免画出无法编程的梯形图

对于不可编程的梯形图必须重新安排，将图 5.1.2.2 (a)所示无法编程的梯形图改画

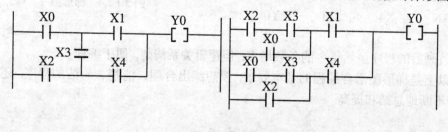

(a)   (b)

图 5.1.2.2 梯形图

成图(b)所示梯形图。由此可知,触点应画在水平线上,不能画在垂直分支上。

　　像图(a)中触点 X3 被画在垂直分支线上,就难以正确识别它与其他触点之间的关系,也难以判断通过触点 X3 对输出继电器线圈的控制方向。因此应根据自上而下、从左至右的原则对输出继电器线圈 Y0 的控制路径改画成图(b)所示的形式。

　　3. 梯形图的逻辑关系简单、清楚

　　梯形图中的控制触点都是软触点,无数量上的限制,所以不必考虑触点的数量,编号相同的触点也可在梯形图中多处出现。画出的梯形图的逻辑关系应尽量清楚,便于阅读、检查和输入编程。

　　下面的梯形图(见图 5.1.2.3)中的逻辑关系就不够清楚,给编程带来不便。

　　对图 5.1.2.3 的梯形图编程如下:

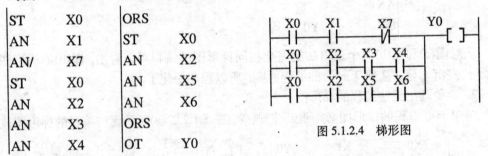

ST	X0	AN	X6
ST	X1	ORS	
AN/	X7	ANS	
ST	X2	ORS	
ST	X3	ANS	
AN	X4	OT	Y0
ST	X5		

图 5.1.2.3　梯形图

　　改画后的梯形图如图 5.1.2.4 所示。

　　对图 5.1.2.4 所示的梯形图编程如下:

ST	X0	ORS	
AN	X1	ST	X0
AN/	X7	AN	X2
ST	X0	AN	X5
AN	X2	AN	X6
AN	X3	ORS	
AN	X4	OT	Y0

图 5.1.2.4　梯形图

　　改画后的程序虽然指令的条数增多,但逻辑关系清楚,便于编程。

　　以上是梯形图语言编程的基本要求,要想编出合理、清楚、简洁的程序,还要在实践中不断地总结和提高。

5.2　基本应用程序

　　许多在工程中应用的程序都是由一些简单、典型的基本程序组成的,因此,如果我们能够掌握这些基本程序的设计原理和编程技巧,对于编写一些大型的、复杂的应用程序是十分有利的。另外，这些基本程序也可作为一个编程时的基本"程序库"，在编制较大型的程序时，可以调用这些程序，缩短编程时间；也可以参考这些程序，以启发自己的编程思路。

一、自锁、连锁控制

自锁和连锁控制是可编程控制器控制电路的最基本的环节，常用于内部继电器、输出继电器的控制电路。

1. 自锁控制(自保持控制)

闭合触点 X1，输出继电器 Y0 通电，它所带的触点 Y0(同继电器 Y0 表示相同)闭合，这时即使将 X1 断开，继电器 Y0 仍保持通电状态。闭合 X0，继电器 Y0 断电，触点 Y0 释放。再想启动继电器 Y0，只有重新闭合 X1。

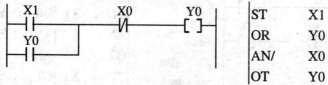

```
X1        X0    Y0      ST    X1
┤├       ┤/├   [ ]      OR    Y0
Y0                      AN/   X0
┤├                     OT    Y0
```

图 5.2.1.1　自锁控制梯形图

2. 连锁控制

不能同时动作的连锁控制如图 5.2.1.2 所示。在这个控制线路中，无论先接通哪一个继电器后，另外一个继电器都不能通电。也就是说两者之中任何一个启动之后都把另一个启动控制回路断开，从而保证任何时候两者都不能同时启动。

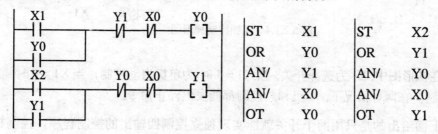

```
X1        Y1  X0   Y0     ST    X1      ST    X2
┤├       ┤/├ ┤/├  [ ]     OR    Y0      OR    Y1
Y0                        AN/   Y1      AN/   Y0
┤├                       AN/   X0      AN/   X0
X2        Y0  X0   Y1     OT    Y0      OT    Y1
┤├       ┤/├ ┤/├  [ ]
Y1
┤├
```

图 5.2.1.2　连锁控制梯形图

以一方的动作与否为条件的连锁控制见图 5.2.1.3。继电器 Y1 能否通电是以继电器

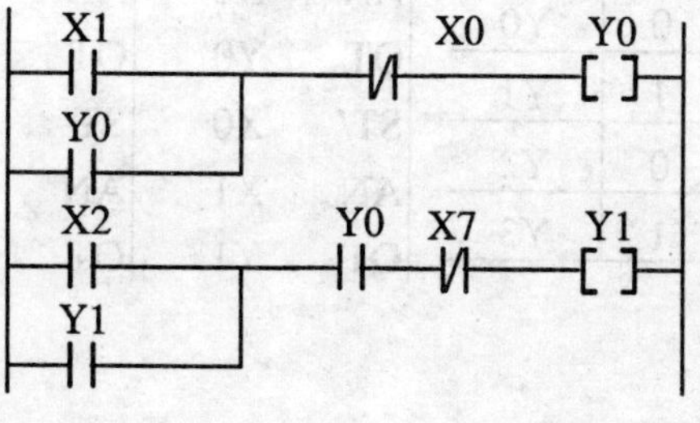

```
X1            X0   Y0     ST    X1      OR    Y1
┤├           ┤/├  [ ]     OR    Y0      AN    Y0
Y0                        AN/   X0      AN/   X7
┤├                       OT    Y0      OT    Y1
X2        Y0  X7   Y1     ST    X2
┤├       ┤├ ┤/├  [ ]
Y1
┤├
```

图 5.2.1.3　连锁控制梯形图

Y0 是否接通为条件的。将 Y0 作为连锁信号串在继电器 Y1 的控制线路中，只有继电器 Y0 通电后，才允许继电器 Y1 动作。继电器 Y0 断电后，继电器 Y1 也随之断电。在 Y0 闭合的条件下，继电器 Y1 可以自行启动和停止。

在可编程控制器的应用编程中，自锁、连锁控制得到了广泛的应用。尤其是连锁控制在应用编程中起到连接程序的作用。它能够将若干段程序通过控制触点沟连起来。下面给出的是总操作和分别操作控制程序。

在一些生产线上常常要求提供生产线的设备是既能单机启停，又能所有设备总启停的控制。这种连锁控制的梯形图如图 5.2.1.4 所示。

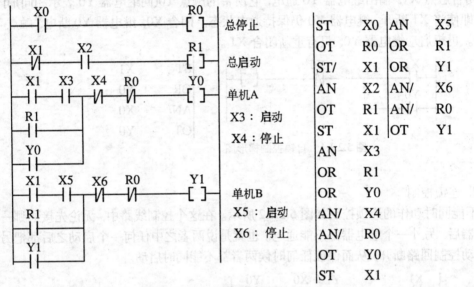

图 5.2.1.4　连锁控制梯形图

在梯形图中，X1 为选择开关，当 X1 = 1 时，为单机启动控制；当 X1 = 0 时，为集中启动控制。在两种情况下，单机和总控制都能发出停止命令。

下面给出的是只用两个开关就能实现独立控制四输出的控制程序，控制梯形图如图 5.2.1.5 所示。

X0	X1	输出
0	0	Y0
0	1	Y1
1	0	Y2
1	1	Y3

ST/	X0	ST	X0
AN/	X1	AN/	X1
OT	Y0	OT	Y2
ST/	X0	ST	X0
AN	X1	AN	X1
OT	Y1	OT	Y3

图 5.2.1.5　连锁控制梯形图

只要改变输入触点 X0 、X1 的状态，就可以独立控制四个输出继电器 Y0 、Y1 、Y2 和 Y3 的通断。

二、时间控制

在可编程控制器的工程应用编程中，时间控制是非常重要的一个方面。在 FP1-C24 型可编程控制器中一共有 100 个定时器。为了今后在编程中利用好这些定时器，本节介绍的一些基本时间控制程序，虽不可能面面俱到，但对读者有一定启发作用。

1. 延时断开控制

在可编程控制器中提供的定时器都是延时闭合定时器，图 5.2.2.1 所示的是两个延时断开的定时器控制线路。

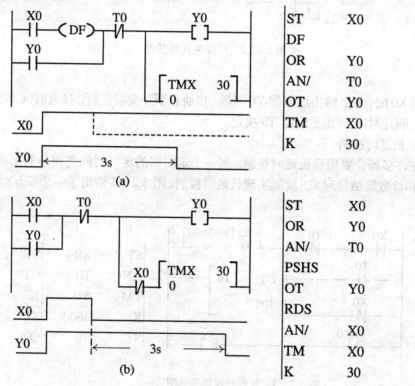

图 5.2.2.1　延时断开控制梯形图

以上图(a)和图(b)两个梯形图表示的时间控制线路虽然都是延时断开控制，但还是有些不同的。对于图(a)，当 X0 闭合后，立即启动定时器，接通输出继电器 Y0 。延时 3s 以后，不管 X0 是否断开，输出继电器 Y0 都断电。

对于图(b)，当 X0 闭合后，输出继电器 Y0 立即接通，但定时器不能启动，只有将 X0 断开，才能启动定时器。从 X0 断开后算起，延时 3s 后输出继电器 Y0 断电。

2. 闪烁控制

图 5.2.2.2 所示的梯形图是一闪烁控制线路。其功能是输出继电器 Y0 周期性接通和

断开。所以此电路又称振荡电路。

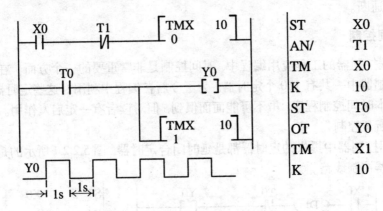

图 5.2.2.2　闪烁控制梯形图

当X0闭合后，输出继电器Y0闪烁，接通和断开交替进行，接通时间1s由定时器T1决定，断开时间1s由定时器T0决定。

3. 长延时控制

在许多场合要用到长延时控制，但一个定时器的定时时间究竟是有限的，所以将定时器和计数器结合起来，就能实现长延时控制。图5.2.2.3给出了一个长延时控制的梯形图。

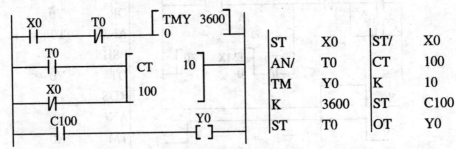

图 5.2.2.3　长延时控制梯形图

定时器T0的延时时间为1h，计数器的计数初值定为10，每过1h，T0闭合1次，计数器CT减1，T0闭合10次，计数器控制触点C100动作，输出继电器Y0接通。长延时时间为10h。

三、顺序控制

顺序控制器是工业控制领域中最常见的一种控制装置。用可编程控制器来实现顺序控制，真可以说是物尽其用。用可编程控制器实现顺序控制，有多种方法能够实现，在实际编程中具体应用哪一种方法，要视具体情况而定。

1. 连锁式顺序步进控制

连锁式顺序步进控制如图 5.2.3.1 的梯形图所示。从图中可以看出,动作的发生,是按顺序步进控制方式进行的。将前一个动作的常开触点串联在后一个动作的启动线路中,作为后一个动作发生的必要条件。同时将代表后一个动作的常闭触点串入前一个动作的关断线路里。这样,只有前一个动作发生了,才允许后一个动作发生,而一旦后一个动作发生了,就立即迫使前一个动作停止,因此,可以实现各动作严格地依预定的顺序逐步发生和转换,保证不会发生顺序的错乱。

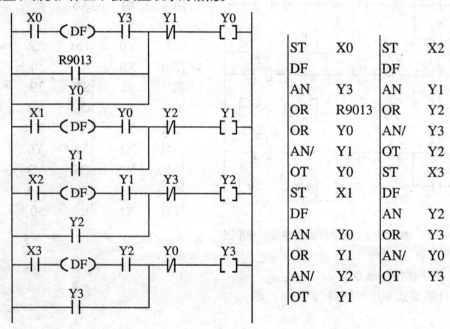

ST	X0	ST	X2
DF		DF	
AN	Y3	AN	Y1
OR	R9013	OR	Y2
OR	Y0	AN/	Y3
AN/	Y1	OT	Y2
OT	Y0	ST	X3
ST	X1	DF	
DF		AN	Y2
AN	Y0	OR	Y3
OR	Y1	AN/	Y0
AN/	Y2	OT	Y3
OT	Y1		

图 5.2.3.1   连锁式顺序控制梯形图

图中使用了特殊内部继电器 R9013,这是一个初始闭合继电器,只在运行中第一次扫描时闭合,从第二次扫描开始断开并保持断开状态。在这里使用 R9013 是程序初始化的需要。一进入程序,输出继电器 Y0 就通电。从这以后 R9013 就不再起作用了。

在程序中使用微分指令是使 X0 、X1 、X2 和 X3 具有按钮的功能,若 X0 、X1 、X2 和 X3 就是按钮的话,微分指令可以去掉。

2. 定时器式顺序控制

定时器式顺序控制如图 5.2.3.2 的梯形图所示。从图中可以看出,动作的发生是在定时器的控制下自动按顺序一步步进行的。这种控制方式在工程中常能见到。下一个动作发生时,自动把上一个动作关断。这样,一个动作接着一个动作发生。在实际工程应用中,常用于设备的顺序启动的控制。

四个动作分别由 Y0 、Y1 、Y2 和 Y3 代表,当闭合启动控制触点 X0 后,输出继电器 Y0 接通,延时 5s 后,Y1 接通,再延时 5s 后,Y2 接通,又延时 5s,最后 Y3 接通。

Y3 接通并保持 5s 后,Y0 又接通,以后就周而复始,按顺序循环下去。

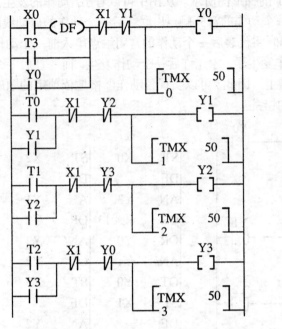

ST	X0	K	50
DF		ST	T1
OR	T3	OR	Y2
OR	Y0	AN/	X1
AN/	X1	AN/	Y3
AN/	Y1	OT	Y2
OT	Y0	TM	X2
TM	X0	K	50
K	50	ST	T2
ST	T0	OR	Y3
OR	Y1	AN/	X1
AN/	X1	AN/	Y0
AN/	Y2	OT	Y3
OT	Y1	TM	X3
TM	X1	K	50

图 5.2.3.2　定时器式顺序控制梯形图

X1 是停止控制触点。

3. 计数器式顺序控制器

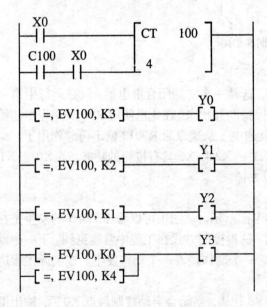

ST	X0	ST=	
ST	C100	EV	100
AN	X0	K	1
CT	100	OT	Y2
K	4	ST=	
ST=		EV	100
EV	100	K	0
K	3	OR=	
OT	Y0	EV	100
ST=		K	4
EV	100	OT	Y3
K	2		
OT	Y1		

图 5.2.3.3　计数器式顺序控制器梯形图

计数器式顺序控制器的梯形图如图 5.2.3.4 所示。此线路只需操作控制触点 X0 就能达到顺序步进控制功能。 X0 为计数控制触点，C100 与 X0 的串联触点为计数复位触点。进入程序后，四个动作分别由 Y0 、 Y1 、 Y2 和 Y3 代表，当闭合计数控制触点 X0 后，输出继电器 Y0 接通，依次闭合 X0, Y1 、 Y2 和 Y3 依次接通。由于使用了条件比较指令，所以每当一个动作发生时，都将前一个动作关断。计数器为一预置型减计数器。当预置值减至 0 时，C100 触点闭合，此时 X0 也是闭合的，计数器复位。当 X0 断开时，经过值区 EV100 复位为 4 。再闭合 X0，接通 Y0，以后又顺序循环下去。

4. 移位寄存器式顺序控制器

移位寄存器式顺序控制器见图 5.2.3.4 。图中内部寄存器的常开触点为移位寄存器的数据输入端，X0 为移位触发信号，R51 触点为复位触发信号。移位寄存器设定为 4 位，

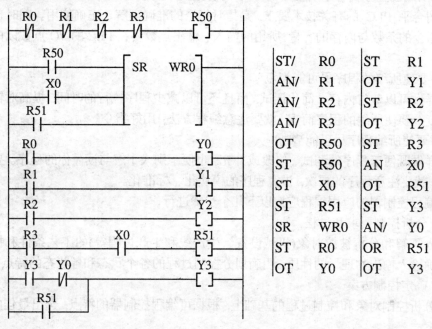

图 5.2.3.4 移位寄存器式顺序控制器梯形图

(R0 ~ R3)，内部继电器 R51 的触点为复位信号。

当 X0 第一次闭合前，接在数据输入端的内部继电器 R50 的触点闭合，相当数据输入端的信号为 1 。 X0 闭合后，对 R0 置 1，输出继电器 Y0 通电。与此同时，内部继电器 R50 断电，触点 R50 释放，数据输入端为 0 。 X0 第二次闭合时，断开 Y0，接通 Y1。依次进行下去，第四次闭合 X0，接通 Y3，同时使移位寄存器复位。这个控制线路也是只用一个开关进行顺序步进控制。

5. 用步进指令进行顺序控制

除了上面讨论过的几种顺序控制的方法以外，还可以利用步进指令来实现顺序控制，这种控制方法见第四章控制指令的步进指令部分。

本章介绍的一些基本应用程序环节，虽然程序不大，但都是从实践中总结摘录出来的相对独立的程序环节，非常实用。希望读者用心揣摩，仔细领会，一定能够创造出许多自己的基本应用程序来。

5.3   PLC 应用编程

应用编程是可编程控制器控制系统设计中最重要的一环。根据工程上的具体控制要求，编写程序，使运行程序后能够满足工程控制上的需要。在应用编程中应遵循以下几个基本原则：

(1) 所编的程序要合乎所使用的 PLC 的有关技术要求

所谓合乎 PLC 的有关技术要求，是指对指令的准确理解、正确使用。同时也要考虑程序指令的条数与内存的容量；所用的输入、输出点数要在 PLC 的 I/O 点数以内等因素。

(2) 要使所编的程序尽可能简短

这样做可以节省内存、简化调试，而且还可以减少程序执行的时间，提高对输入的响应速度。要使所编的程序简短，就要注意编程方法，用好指令。

(3) 要使所编程序尽可能清晰

这样做既便于程序的调试、修改或补充，也便于别人了解与读懂你的程序。要使程序清晰，就要注意程序的层次，讲究程序的模块化、标准化。

可编程控制器的应用编程应按以下几个步骤进行：

(1) 分析控制要求和过程

深入了解和分析被控对象(机械设备、生产线和生产过程等)的工艺条件和控制要求。明确输入输出物理量的性质，明确划分控制过程的各个状态和各状态的特点。

(2) 确定控制方案

在分析控制对象和控制过程的基础上，根据可编程控制器的特点，选出最佳的编程控制方案。

(3) 确定输入输出信号

根据被控对象对可编程控制器控制系统的要求，确定输入信号(如按钮、行程开关、转换开关等)和输出信号(如接触器、电磁阀、指示灯等)，并分配可编程控制器的输入输出端子，进行编号。

(4) 编写应用程序

根据已确定的控制方案，结合自己或别人的经验应用 PLC 提供的多种多样的指令进行程序设计。对于较复杂的控制系统，还要根据具体要求，列出工作循环图表，画出编程的状态流程图，最终画出符合控制要求的梯形图。

(5) 检验、修改和完善程序

将编写完的程序送入可编程控制器，运行程序，并检验程序是否满足控制要求。若出现问题，要不断调试、修改程序，要将问题逐一排除，直至调试成功。

下面我们就根据上述编程原则和步骤, 举一些例子说明应用编程的具体过程。

一、三地控制电动机的启停

三地控制的要求是在三个不同的地方控制电动机的起动和停止。每个地方有一个启动按钮、一个停止按钮。控制过程是按下启动按钮, 电机起动旋转, 按钮弹起, 电机保持旋转;按下停止按钮, 电机停止旋转。

I/O 的分配:

输入点:X0: SB0 (A 地启动按钮)

X1: SB1 (B 地启动按钮)

X2: SB2 (C 地启动按钮)

X3: SB3 (A 地停止按钮)

X4: SB4 (B 地停止按钮)

X5: SB5 (C 地停止按钮)

输出点:Y0: KM (接触器)

三地控制电动机启停控制程序的梯形图见图 5.3.1.1 。

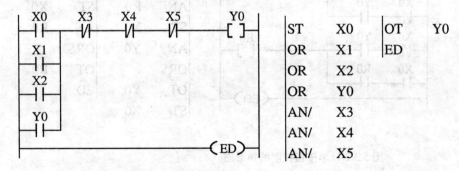

图 5.3.1.1　三地控制电动机启停的梯形图

另一种三地控制电动机启停控制程序的梯形图见图 5.3.1.2 。

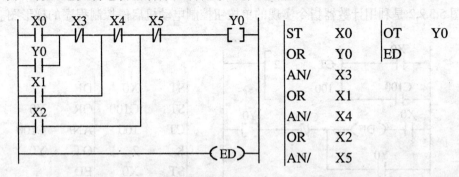

图 5.3.1.2　三地控制电动机启停的梯形图

上面两个梯形图的控制功能都是在三个不同的地方控制同一台电动机的启停。无论是哪一个梯形图,停止按钮都串在一起,启动按钮都并在一起。

二、单按钮控制电动机的启停

单按钮控制的要求是只用一个按钮就能控制一台电动机的启动和停止。控制过程是按一次按钮电动机启动,并保持运转。再按一次按钮,电动机就停止。

这个控制程序非常有实用价值,因为我们都知道,可编程控制器的输入触点是有限的,往往在一些复杂的控制中,需要很多的输入触点,利用这个程序就可以将一个触点当成两个触点用。

I/O 的分配:

输入点:X0: SB (按钮)

输出点:Y0: KM (接触器)

单按钮控制电动机启停控制程序的梯形图见图 5.3.2.1 。

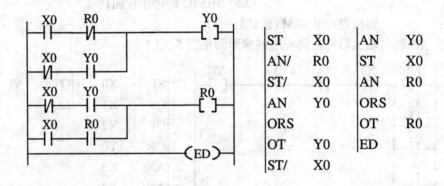

图 5.3.2.1　单按钮控制的梯形图

用一个按钮在两种状态之间切换,类似数字电路中的触发器的计数控制,所以也需要记忆元件。这里我们利用内部继电器 R0 作为一个记忆元件。

图 5.3.2.2 是利用计数器指令实现的单按钮控制电动机启停控制程序的梯形图。

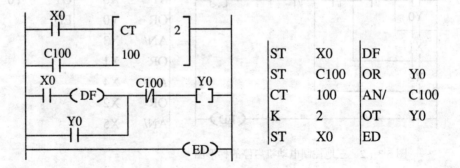

图 5.3.2.2　单按钮控制的梯形图

触点 X0 为计数触发信号,触点 C100 为复位触发信号。当 X0 第一次闭合时,接通

Y0，并保持下去，经过值区 EV100 的内容由 2 减为 1。当 X0 第二次闭合时，经过值区 EV100 的内容由 1 减为 0，常闭触点 C100 断开，断开 Y0，与此同时常开触点 C100 闭合，计数器复位，为下一次 X0 的闭合做准备。

图 5.3.2.3 是利用置位和复位指令实现单按钮控制电动机启停控制程序的梯形图。

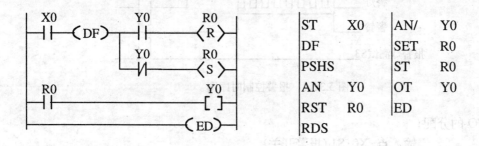

图 5.3.2.3　单按钮控制的梯形图

上面的三个单按钮控制都是用基本指令实现的。用高级指令实现则更简单，图 5.3.2.4 是利用高级指令实现的单按钮控制电动机启停控制程序的梯形图。

	X0			
ST	X0		WY	0
DF			K	0
F132	BTI		ED	

图 5.3.2.4　单按钮控制的梯形图

在该线路中，使用了位操作指令 F132 (BTI)，这个高级指令的功能是当检测到控制信号的上升沿时，将指定的寄存器(本例是 WY0)中的某一位求反(本例中是 Y0 位)。这条指令相当有用，请读者留意。

从上面的四个梯形图可以看出，虽然控制功能都是相同的，但编程思路却是不一样的。因此给了我们两点启示：第一，功能相同，编出的程序却多种多样，在这些程序当中一定有比较优秀的程序。如果要想编出一个质量较高的程序，就要求我们平时在工作中要多看多练，见多识广，积累丰富的经验，编出比较优秀的程序就不是什么难事了。第二，虽然可编程控制器的控制思想来源于继电器控制系统，但它使用计算机技术，其控制功能更加强大。切不可一味用继电器控制原理思考问题，编写程序。尽量利用可编程控制器本身所具有的技术优势，尤其利用好高级指令，这样才能编出比较优秀的程序。这一点我们可以从单按钮控制的最后的一个程序得到验证。

三、报警控制

报警电路的控制要求是当报警开关 S1 闭合时，要求报警。警灯闪烁，警铃响。开关 S2 为报警响应开关，当 S2 接通后，报警灯从闪烁变为常亮，同时报警铃关闭。开关 S3 为警灯测试开关，S3 接通，则警灯亮。

根据控制要求画出的时序图如图 5.3.3.1 所示。

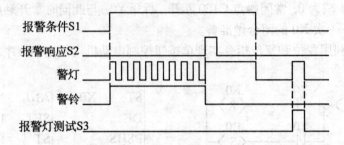

图 5.3.3.1　报警控制时序图

I/O 的分配：

输入点：X0：S1 (报警开关)

X1：S2 (报警响应开关)

X2：S3 (警灯测试开关)

输出点：Y0：报警灯

Y1：警铃

根据时序图所设计的报警控制如图 5.3.3.2 的梯形图所示。

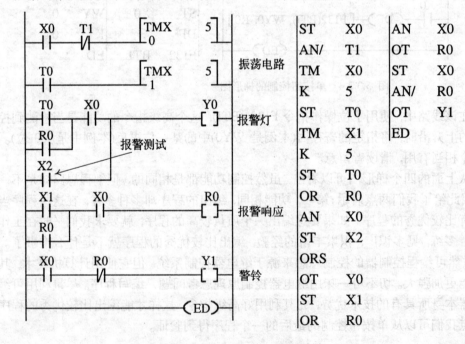

图 5.3.3.2　报警控制梯形图

在这个线路中，定时器 T0 和 T1 构成警灯的闪烁控制，每隔 0.5s 亮一次，亮一次的时间也为 0.5s 。这里的内部继电器 R0 的使用起了重要的作用，这个程序设计的成功之处也在于此。当报警响应开关闭合后，X1 = ON，内部继电器 R0 接通。R0 的接通导致了报警灯支路中的常开触点 R0 闭合，将定时器 T0 的触点短路，使警灯由闪烁变成常亮。与此同时，串在警铃支路中的常闭触点 R0 断开，切断警铃。如果将报警开关断开，X0 = OFF，警灯熄灭。

四、三地控制一盏灯

这个电路的控制要求是用三个开关分别在三个不同的位置(每个地方只有一个开关)控制一盏灯。在三个地方的任何一地，利用开关都能独立地开灯和关灯。

设计这个程序的要点是注意每个开关无论闭合或断开，都有可能将灯点亮或熄灭。也就是说开关闭合并不一定是将灯点亮，开关断开也并不一定是将灯熄灭。

I/O 的分配：

$\qquad$ 输入点：X0：S1 (A 地开关)

$\qquad\qquad\quad$ X1：S2 (B 地开关)

$\qquad\qquad\quad$ X2：S3 (C 地开关)

$\qquad$ 输出点：Y0：电灯

根据控制要求所设计的三地控制一盏灯的程序如图 5.3.4.1 的梯形图所示。

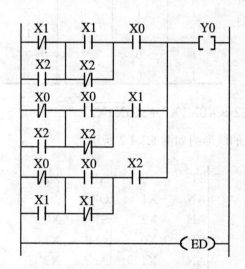

ST/	X1	AN	X1
ST/	X1	AN	X1
OR	X2	ORS	
ST	X1	ST/	X0
OR/	X2	OR	X1
ANS		ST	X0
AN	X0	OR/	X1
ST/	X0	ANS	
OR	X2	AN	X2
ST	X0	ORS	
OR/	X2	OT	Y0
ANS		ED	

图 5.3.4.1　三地控制一盏灯的梯形图

从上图可以看出，这个控制线路非常有规律。由和输出继电器 Y0 连接的常开触点 X0、X1 和 X2 分别构成的三个电路结构完全相同。只是每个电路结构中的输入触点的编号有所不同。但每个电路结构中的输入触点的编号的规律读者不难看出。根据这个规律，我们可以毫不费力地设计出四地控制一盏灯、五地控制一盏灯……。

虽然该程序设计满足了三地控制一盏灯的控制要求，但这个程序的设计构思也是比较复杂的，没有足够的设计经验，设计出这样的程序也是有一定困难的。那么有没有一种设计方法能够直接简便地设计出这样的程序呢？下面我们介绍如何将数字电路中设计组合逻辑电路的方法应用于设计可编程控制器的应用程序中去。

可编程控制器处理的信号大都是开关量,开关量用数字量表示是非常方便的。而且数字电路中的三种基本逻辑运算——"与"、"或"、"非"也能够同触点的连接形式一一对应起来。一般我们规定:输入信号为逻辑变量,输出信号为逻辑函数;常开触点为原变量,常闭触点为反变量。在编程中输出继电器和控制触点的关系就变成了逻辑函数和逻辑变量的关系了。

两个(或几个)触点的串联相当于逻辑"与",两个(或几个)触点的并联相当于逻辑"或",如果常开触点为原变量的话,那么常闭触点就是原变量的"非"——反变量了。

根据这个原则,我们就可以列出三地控制一盏灯的逻辑函数的真值表(见表 5.1)。

真值表中的 X0 、X1 和 X2 分别代表输入触点,Y0 代表输出继电器。它们下面的 0 或者 1 分别代表它们的状态。

从真值表可以看出,三个开关中的任意一个开关状态的变化,都会引起输出 Y0 的变化,由"1"变到"0",或由"0"变到"1"。真值表中逻辑状态的排列是按循环码的规律排列的。这样排列的结果才能符合控制要求。

根据真值表,我们可以写出三地控制一盏灯的逻辑表达式

表 5.1　三地控制一盏灯逻辑函数真值表

X0	X1	X2	Y0
0	0	0	0
0	0	1	1
0	1	1	0
0	1	0	1
1	1	0	0
1	1	1	1
1	0	1	0
1	0	0	1

$$Y0 = \overline{X0}\,\overline{X1}\,\overline{X2} + \overline{X0}\,X1\,\overline{X2} + X0X1X2 + X0\,\overline{X1}\,\overline{X2}$$

根据逻辑表达式,画出三地控制一盏灯的梯形图如图 5.3.4.2 所示。

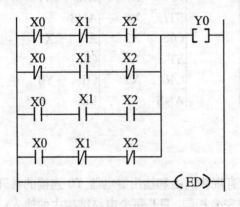

ST/	X0		AN	X2
AN/	X1		ORS	
AN	X2		ST	X0
ST/	X0		AN/	X1
AN	X1		AN/	X2
AN/	X2		ORS	
ORS			OT	Y0
ST	X0		ED	
AN	X1			

图 5.3.4.2　三地控制一盏灯的梯形图

从上面的设计过程和梯形图来看,程序设计的过程由捉摸不定、完全靠经验设计的方式而变得有章可循了。从梯形图来看,比之前一种设计变得简化了。而且根据这种方法设计多处控制一盏灯亦非难事。更重要的是这种程序设计方法为可编程控制器的应用

编程又增添了一条简便的途径。

那么这是不是三地控制一盏灯最简便的控制形式了呢？下面给出应用高级指令编写的三地控制一盏灯的控制程序如图 5.3.4.3 所示。

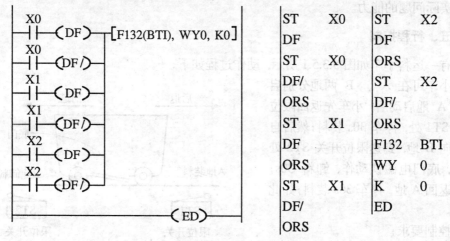

ST	X0	ST	X2
DF		DF	
ST	X0	ORS	
DF/		ST	X2
ORS		DF/	
ST	X1	ORS	
DF		F132	BTI
ORS		WY	0
ST	X1	K	0
DF/		ED	
ORS			

图 5.3.4.3　三地控制一盏灯的梯形图

在这里我们又使用了位求反指令，三个开关中的任意一个开关不论闭合还是断开，只要是搬动开关，都能将字 WY0 中的 Y0 位求反，从而达到控制一盏灯的目的。对于这种编程方式，无论多少个地方，只是在梯形图中多加几个输入触点和几条微分指令罢了。

图 5.3.4.4 给出的三地控制一盏灯的编程则更加简单。在这个程序中使用了比较指令和我们已经都非常熟悉了的两条高级指令，由于使用了不同于一般继电器控制原理的高级指令，使程序的编写达到了一个新的境界。

```
┤[<>, WX0, WR0]──[F132(BTI), WY0, K0]
                 [ F0MV, WX0, WR0 ]
                         ( ED )
```

ST<>		K	0
WX	0	F0 MV	
WR	0	WX	0
F132	BTI	WR	0
WY	0	ED	

图 5.3.4.4　三地控制一盏灯的梯形图

在此程序中，使用了字比较指令，只要 WX0 中的内容同 WR0 中的内容不同，就执行 Y0 的求反。程序的最后又执行了把 WX0 的内容送 WR0 的操作，因此这时 WX0 中的内容同 WR0 中的内容完全一样。以后只要 WX0 中内容改变，Y0 的状态立刻就发生变化。这个程序的奥妙之处是不止三地控制一盏灯，而是十六个地方控制一盏灯(因为 WX0 有 16 位)，奇妙的是只用了三条指令。

总结前面控制功能完全相同但编程方法不同的四个程序，可以看出单纯的应用传统的继电器控制理论编写的程序大都长而复杂。而应用高级指令和一些特殊指令编写的程序往往精练而简单。

应当指出,我们在这里花费气力编写这个程序,并不是真的要用可编程控制器去控制一盏灯,而是通过对这个程序的设计和对编程思想的理解,掌握多种编程方法和技巧,对指令系统和可编程控制器的特殊技术性能有更深一层的认识,从而进一步提高我们解决实际问题的能力。

五、行程控制

有一运料小车如图 5.3.5.1 所示,动作过程如下:

小车可在 A 、 B 两地分别启动。 A 地启动后,小车先返回限位开关 ST1 处,停车 30s 装料;然后自动驶向 B 地,到达限位开关 ST2 处停车,底门电磁铁动作,卸料 30s;然后返回 A 地,停车 30s 装料;如此往复。

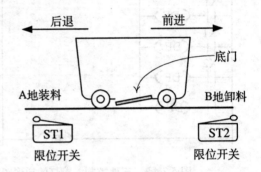

图 5.3.5.1　小车运行过程图

控制要求:

① 手动操作:能手动控制小车向前运行、向后运行、并能打开小车底门。

② 连续往返自动控制:当小车启动后,能够自动往返运行。

③ 停车控制:小车在自动往返运行过程中,均可用手动开关令其停车。再次启动后,小车重复②中内容。

I/O 的分配:

输入点:X0: SBP (停止按钮)

X1: SB1 (A 地启动按钮)

X2: SB2 (B 地启动按钮)

X3: S (手动/自动转换开关)

X4: ST1 (A 地行程开关)

X5: ST2 (B 地行程开关)

输出点:Y0: KM 1(电动机正转接触器)

Y1: KM 2(电动机反转接触器)

Y3: YV(底门控制电磁铁)

根据控制要求,程序应由手动控制和自动控制两部分组成。

手动控制时,将手动/自动转换开关置于手动位置。程序执行手动操作时,小车前进和后退设有连锁。并设置前进和后退的限位保护。

按前进按钮时,小车前进,碰到前进限位保护时,小车停下,底门电磁铁动作。按后退按钮,小车后退,底门电磁铁释放,碰到后退限位保护时,小车停车。

当选择自动控制工作方式时,将手动/自动转换开关置于自动位置。可编程控制器执行自动工作程序。小车行程控制的编程梯形图见图 5.3.5.2 。

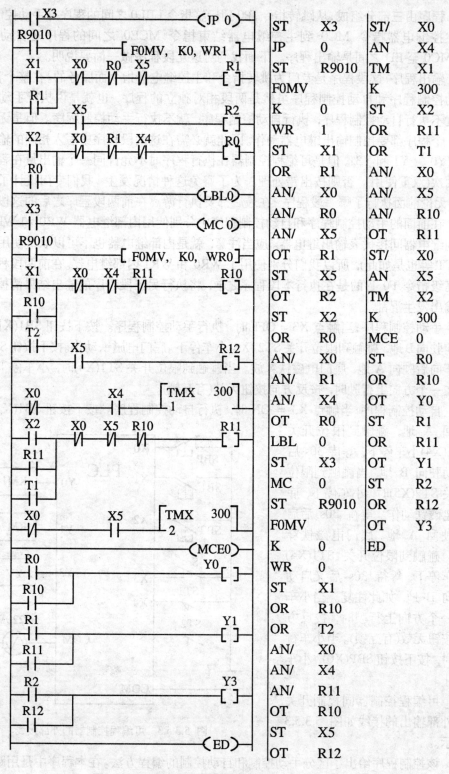

ST	X3	ST/	X0
JP	0	AN	X4
ST	R9010	TM	X1
F0MV		K	300
K	0	ST	X2
WR	1	OR	R11
ST	X1	OR	T1
OR	R1	AN/	X0
AN/	X0	AN/	X5
AN/	R0	AN/	R10
AN/	X5	OT	R11
OT	R1	ST/	X0
ST	X5	AN	X5
OT	R2	TM	X2
ST	X2	K	300
OR	R0	MCE	0
AN/	X0	ST	R0
AN/	R1	OR	R10
AN/	X4	OT	Y0
OT	R0	ST	R1
LBL	0	OR	R11
ST	X3	OT	Y1
MC	0	ST	R2
ST	R9010	OR	R12
F0MV		OT	Y3
K	0	ED	
WR	0		
ST	X1		
OR	R10		
OR	T2		
AN/	X0		
AN/	X4		
AN/	R11		
OT	R10		
ST	X5		
OT	R12		

图 5.3.5.2   小车行程控制梯形图

　　程序由三部分组成：从跳转指令 JP0 到标签指令 LBL0 之间的程序是手动控制程序；从主控继电器指令 MC0 到主控继电器结束指令 MCE0 之间的程序是自动控制程序；MC0 至 ED 之间是输出程序。下面我们对这几段程序做一简要说明。

　　输出程序：这段程序是专门为跳转指令和主控继电器指令而服务的。在整个程序中，手动控制程序和自动控制程序虽然是两段相对独立的程序，也就是说执行手动控制程序就不执行自动控制程序，执行自动控制程序，就不执行手动控制程序。但是无论执行哪一个程序都要控制输出继电器动作。因此就必需在这两段程序中写入相同的输出继电器（Y0、Y1 和 Y3）。但是可编程控制器在执行程序时不允许同一个输出量在程序中出现两次（双重使用），否则按出错处理。为了避免这种情况发生，我们专门设计了输出程序，无论前面执行了哪一段程序，在最后都要执行游离在前两段程序之后的这段输出程序。在前面的手动控制程序和自动控制程序中分别使用内部继电器 WR0 和 WR1 作为中间继电器间接代表输出继电器。应当注意，就是内部继电器也不可以双重使用（像 TM 和 CT 等也是如此），所以我们分别使用了 WR0 和 WR1 内部继电器。在前两段程序中使用高级指令 F0 目的是在执行本段程序之前，将执行另一段程序的输出结果清掉。以避免输出发生混乱。

　　手动控制程序：当触点 X3 = OFF 时，执行手动控制程序。按下按钮 SB1(X1)，小车向前驶向 B 地，碰触到限位开关 ST2 (X5) 小车停下。底门电磁铁动作。按下按钮 SB2(X2)，小车向后驶向 A 地，底门电磁铁释放。当碰触到限位开关 ST1(X4) 时，小车停下。当小车在一个方向上行驶时，按反方向按钮无效（有互锁）。

　　自动控制程序：当触点 X3 = ON 时，执行自动控制程序。按下按钮 SB1(X1)，小车驶回 A 地，碰触到限位开关 ST1(X4) 小车停下，等待 30s 后启动驶向 B 地，当碰触到限位开关 ST2(X5) 时，小车停下，底门电磁铁动作。等待 30s 后启动驶回 A 地，底门电磁铁释放。碰触到限位开关 ST1(X4) 小车停下，等待 30s 后又启动驶向 B 地，如此往复。当小车在一个方向上行驶时，按反方向按钮无效（有互锁）。当小车行进时，按下按钮 SBP(X0)，小车停止。

　　可编程控制器同控制开关和外部输出的接线如图 5.3.5.3 所示。

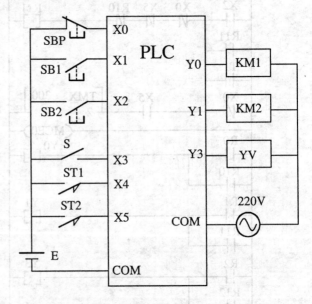

图 5.3.5.3　可编程控制器的外部接线

　　该控制程序给出了区分手动控制和自动控制的编程方法。在本程序中是用跳转指令和主控继电器指令实现的。读者要注意这种编程方式。

六、顺序启动，逆序停止控制

在工业控制领域里，常常有一些特殊的装置需要按顺序启动，逆序停止的控制。当启动这些装置时，每隔一段时间，依次启动一台装置，直到所有装置全都启动完毕。在启动的过程中，要严格按着规定的间隔和顺序进行。当这些装置停止运行时，要按着与启动顺序相反的顺序逐个停止。下面我们将介绍这类程序的设计方法。

有四台电动机，当闭合控制开关后，每隔 10s 启动一台电动机，直到电动机全部启动为止。当将开关断开后，电动机逆序逐个停止。控制时序图见图 5.3.61 。

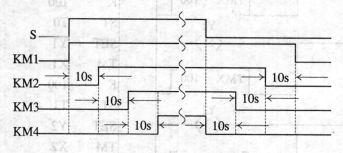

图 5.3.6.1 控制时序图

I/O 的分配：

        输入点：X0：S (启动和停止开关)
        输出点：Y0：KM 1 (接触器)
                 Y1：KM 2 (接触器)
                 Y3：KM 3 (接触器)
                 Y4：KM 4 (接触器)

对于顺序启动的程序，一般采用定时器、计数器、移位寄存器来进行程序设计。根据这个程序的特点，在这里我们用步进指令结合定时器设计程序。利用两级步进指令分别设计启动程序和停止程序。这样两个程序在设计时，彼此独立，互不干扰，编程思路清晰，程序调整容易。

四台电动机顺序启动，逆序停止的控制程序梯形图见图 5.3.6.2 。

在程序中我们使用了置位(SET)指令而没使用输出指令(OT)，这是因为尽管两段步进指令相对是独立的，但是，在启动程序和停止程序中使用编号相同的输出继电器是不被允许的(双重输出)，而使用置位指令就不受此限制。在启动程序中使用置位指令启动电动机，在停止程序中使用复位指令(RST)停止电动机。

细心的读者还会发现，在启动程序中使用的定时器和在停止程序中使用的定时器的编号是不同的，其原因同上。

在两段程序的开始巧妙地使用了步进指令的微分功能，这样只用一个开关就能控制启动和停止。当开关闭合时，执行启动程序，四台电动机顺序启动。当开关断开时，执行停止程序，电动机逆序停止。

使用定时器的好处是每一个电动机启动的间隔时间可以各不相同，如果使用计数器和移位寄存器实现顺序控制要做到这样就比较麻烦了。

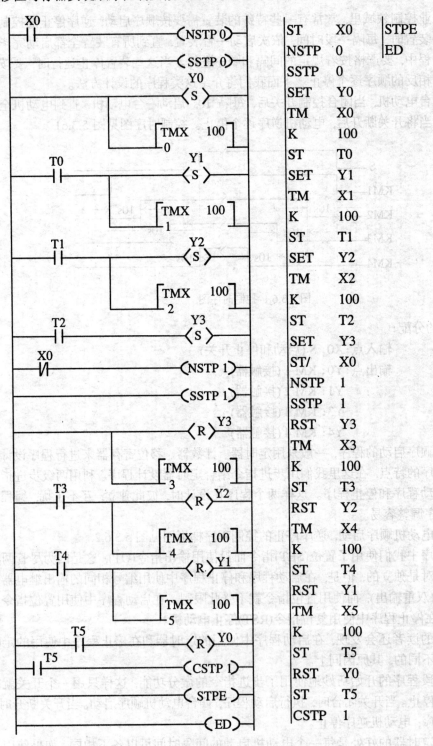

ST	X0	STPE
NSTP	0	ED
SSTP	0	
SET	Y0	
TM	X0	
K	100	
ST	T0	
SET	Y1	
TM	X1	
K	100	
ST	T1	
SET	Y2	
TM	X2	
K	100	
ST	T2	
SET	Y3	
ST/	X0	
NSTP	1	
SSTP	1	
RST	Y3	
TM	X3	
K	100	
ST	T3	
RST	Y2	
TM	X4	
K	100	
ST	T4	
RST	Y1	
TM	X5	
K	100	
ST	T5	
RST	Y0	
ST	T5	
CSTP	1	

图 5.3.6.2   顺序启动、逆序停止控制梯形图

七、流水灯控制

所谓的流水灯是一串灯按一定的规律像流水一样连续闪亮。流水灯控制是可编程控制器应用的一个重要的方面。它不仅仅只是在灯饰控制方面得到广泛应用,它的控制思想在工业控制技术领域也同样适用。

流水灯控制可用多种方法实现,但对现代可编程控制器而言,利用移位寄存器实现流水灯控制最为便利。通常用左移寄存器实现灯的单方向的移动;用双向移位寄存器实现灯的双向移动。

这里我们将介绍几种典型的流水灯的程序设计方法。在下面的程序设计中,将全部采用移位寄存器来实现控制。

一种流水灯的控制时序图如图 5.3.7.1 所示。

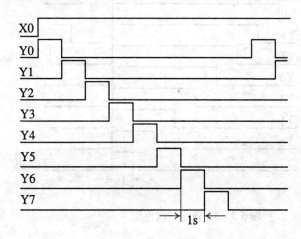

图 5.3.7.1　流水灯时序图

移位脉冲的周期为 1s,该流水灯的控制梯形图如图 5.3.7.2 所示。

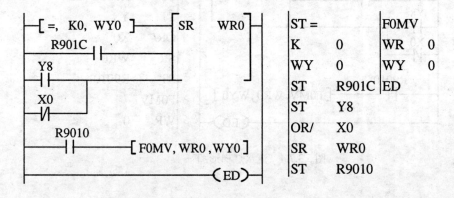

图 5.3.7.2　流水灯梯形图

　　这是一个脉冲分配器式的流水灯控制程序。由于 FP1-24 型可编程控制器只有八个输出点(Y0 ~ Y7)，所以灯只点亮到 Y7，接着又从 Y0 开始循环。

　　程序中使用了左移寄存器，左移寄存器移位对 WY0 无效，故先对 WR0 进行移位，再利用高级指令 F0MV 将 WR0 的内容送至 WY0。移位寄存器的复位端同输出继电器触点 Y8 接在一起，当 Y8 闭合时，移位寄存器复位，一切又从头开始。

　　X0 是流水灯的操作开关，当 X0 闭合时，移位寄存器开始工作，流水灯依次点亮。数据输入端的条件比较触点的作用是保证只是程序开始时输入一个 "1"。特殊内部继电器 R901C 是秒脉冲发生器；R9010 是常闭内部继电器。

　　另一种形式的流水灯的时序图如图 5.3.7.3 所示。

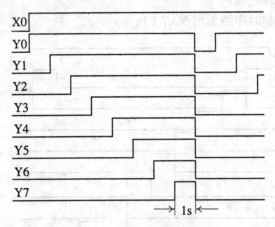

图 5.3.7.3　流水灯时序图

　　该流水灯的控制梯形图如图 5.3.7.4 所示。

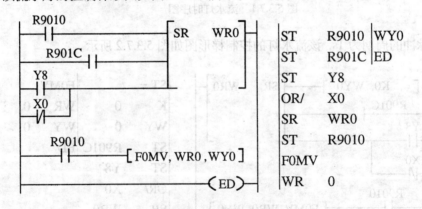

图 5.3.7.4　流水灯梯形图

　　这个流水灯工作过程是从 Y0 ~ Y7 依次点亮，全灭后又重新开始。常闭内部继电器 R9010 接在移位寄存器的输入端是为了保持输入数据总为 "1"。

　　下面流水灯的控制过程是流水灯从 Y0 ~ Y7 依次点亮，然后再按原顺序依次熄灭。该流水灯的控制时序图 5.3.7.5 所示。

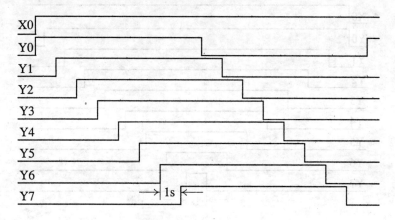

图 5.3.7.5　流水灯时序图

该流水灯的控制梯形图如图 5.3.7.6 所示。

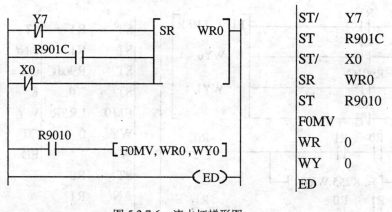

图 5.3.7.6　流水灯梯形图

在这个程序里的控制触点 X0 是启动开关，它接在移位寄存器的复位端上，当 X0 闭合时，寄存器复位，WR0 的内容清零，故 WY0 清零，所有灯都熄灭。当 X0 断开时，移位寄存器启动工作。

由于 FP1-C24 型可编程控制器只有 8 位输出显示，为了不使移位结果超出显示区域(Y0～Y7)，所以在数据输入端连接输出继电器常闭触点 Y7。当移位寄存器刚开始工作时，输出继电器 Y7 断电，常闭触点 Y7 接通，输入数据为 1，这样，Y0～Y7 就在移位脉冲的作用下依次点亮。当轮到输出继电器 Y7 通电时，Y7 触点动作，常闭触点打开，数据输入为 0。这样，Y0～Y7 就在移位脉冲的作用下依次熄灭，并如此反复。

上面的几个流水灯的控制都属单方向控制，使用左移寄存器就可容易地实现。如果流水灯的点亮顺序是双向的，则使用双向移位寄存器进行控制是非常合适的。

同左移寄存器相比，双向移位寄存器多了个方向控制端。就是利用这个方向控制端进行双向移位控制。所以在程序设计中不但要考虑数据移动范围的控制，同时还要考虑数据移动方向的控制。双向控制的流水灯时序图如图 5.3.7.7 所示。

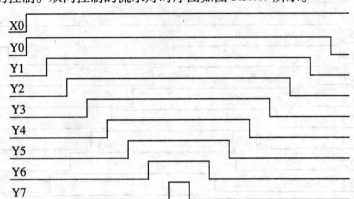

图 5.3.7.7 流水灯控制时序图

该流水灯的控制梯形图如图 5.3.7.8 所示。

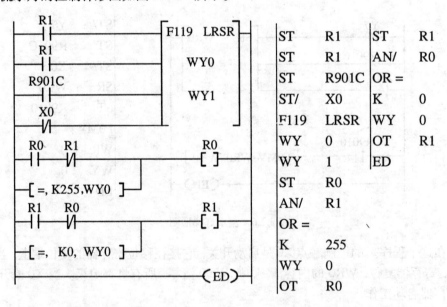

图 5.3.7.8 流水灯控制梯形图

在这个控制程序中,关键在于数据移位方向的控制。程序开始,数据向左移,当输出继电器 Y7 动作后,数据又向右移,当 Y0 断电后,数据又开始左移,如此往复。当数据向左移时,数据输入端应当为 1;当数据向右移时,数据输入端应当为 0。

根据以上的分析,移位方向控制端和数据输入端使用同一个控制触点。这样数据向左移时,数据输入为 1;当数据向右移时,数据输入为 0。

转换方向的两个转折点分别为当 WY0 的内容为 K0 和 K255 时(8 位),利用这两个数据使用条件比较指令实现换向。

X0 为启动开关, X0 闭合, 流水灯启动。

这个控制程序以字(WY0)为控制操作数, 如果以位(Y0 ～ Y7)为控制操作数的话, 程序还要简单一些。以位为控制操作数设计的流水灯控制程序见图 5.3.7.9 。

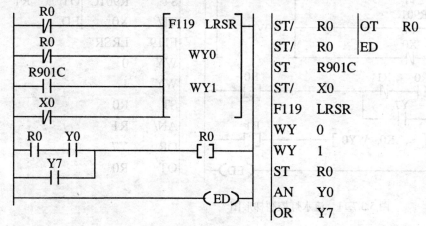

图 5.3.7.9　流水灯控制梯形图

又一种双向流水灯控制的时序图见图 5.3.7.10 。

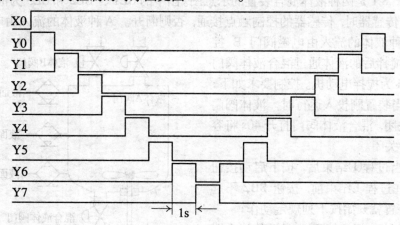

图 5.3.7.10　流水灯控制时序图

这个流水灯控制时序的前半部分是一个灯跟着一个灯亮, 前面的灯一亮, 后面的灯又熄灭了, 同数字电路中的脉冲分配器的波形一样。时序的后半部分灯亮的顺序同前半部分正好相反。所以这也属于双向的移位控制。该流水灯的控制梯形图见图 5.3.7.11 。

这个控制程序的设计思路同上一个程序类似, 不同的是一开始运行程序时数据输入端为 1, 只要 Y0 开始为 1, 数据输入端的信号马上就变为 0, 所以在整个数据区里只有一个 1 左移或者右移。从而保证了在移位过程中只有一个灯是亮的。

该流水灯的控制梯形图如图 5.3.7.11 所示。

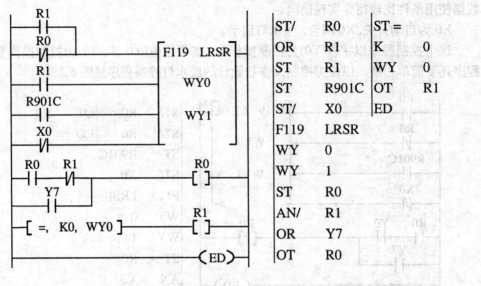

图 5.3.7.11   流水灯控制梯形图

八、混合液体设备的控制

图 5.3.8.1 是两种液体混合装置的示意图。图中的 SL1 、SL2 和 SL3 为液面传感器,
液体淹没传感器时,传感器的控制触点接通,否则断开。A 种液体的流入由电磁阀门 A
控制;B 种液体的流入由电磁阀门 B 控
制。混合搅拌后的液体通过混合液体阀门
流出。M 为搅拌电动机。控制要求如下:

① 当装置刚投入运行时,液体阀门
A 、B 关闭,混合液体阀门打开 40s 将容
器放空后关闭。

② 当过程①结束后,按下启动按钮
SB2 后(在过程①结束前,按钮 SB2 不起
作用),装置就开始按下列规定动作:

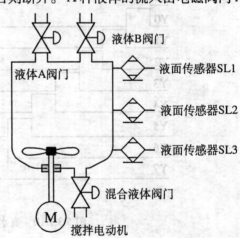

图 5.3.8.1   液体混合装置示意图

■ 液体 A 阀门打开,A 种液体流入罐
中。

■ 当液面达到 SL2 时,SL2 的触点闭
合,液体 A 阀门关闭,液体 B 阀门打开,B
种液体流入罐中。

■ 当液面达到 SL1 时,液体 B 阀门关闭,搅拌电动机开始转动。

■ 搅拌电动机工作 1min 后停止搅拌,混合液体阀门打开,放出搅拌均匀后的液
体。

■ 当液面下降到 SL3 时,SL3 由闭合变为断开,再经过 20s 后,容器放空,混合液体

阀门关闭，又开始下一周期的操作。

③ 要想停止设备的运行，按下停止按钮 SB1，在将当前的混合处理过程全部完成之后，装置才停止运行。

I/O 的分配：

> 输入点：X7：SB1 (停止按钮)
>
> X6：SB2 (启动按钮)
>
> X2：SL1
>
> X1：SL2
>
> X0：SL3
>
> 输出点：Y0：混合液体电磁阀门
>
> Y1：液体 A 电磁阀门
>
> Y2：液体 B 电磁阀门
>
> Y3：搅拌电动机

根据控制要求编写的控制梯形图如图 5.3.8.2 所示。

由于这个装置的控制过程较为复杂，我们将详细地按环节、分步骤解释程序。

装置的工作过程如下：

1. 程序初始化过程

梯形图最上面的虚线框部分为程序初始化环节。当进入程序后，特殊内部继电器 R9013 闭合了一个扫描脉冲宽度的时间，提供了一个启动信号后就总是处于断开状态。

接到启动信号后，内部继电器 R1 通电，它的触点 R1 闭合(注意 R1 的触点有两个，一个在梯形图的上半部，一个在梯形图的下半部)，输出继电器 Y0 通电，混合液体阀门打开。纵使 R9013 断开，由于触点 R1 的自锁作用，继电器 R1 仍处于通电状态，这样就保证了进入程序时由 R9010 触发的定时器 T0 处于工作状态。 T0 是为了满足初始运行时，使混合液体阀门打开 40s 而设置的定时器。

进入程序 40s 以后，串在继电器 R1 前面的常闭触点 T0 断开，R1 断电，Y0 断电，混合液体阀门关闭。由于常闭触点 T0 断开，定时器 T0 复位，为下一次进入程序做准备。

常闭触点 T0 断开的同时，常开触点 T0 闭合，但由于定时器 T0 的复位，常开触点 T0 只闭合一下，又马上断开了。T0 闭合的一瞬间，内部继电器 R2 通电，靠触点 R2 的自锁作用，即使 T0 断开，R2 继续保持通电。这里 R2 的作用是保证在进入程序后的前 40s 内，启动按钮 SB2 不起作用。因为继电器 R2 的常开触点串在启动电路中，只有 R2 动作，触点闭合后，SB2 才能够起作用。如果不按停止按钮 SB1，继电器 R2 就一直保持通电的状态。

2. 启动主工作程序过程

梯形图中部的虚线框部分为主工作程序启动和总停止环节。在初始化程序结束前，启动按钮 SB2 无效。初始化程序过后，按下启动按钮 SB2，这时串在启动线路中的控制触点 R2 已经闭合，所以内部继电器 R0 通电，自锁触点 R0 闭合，如果停止按钮 SB2 不被按下，R0 就一直保持接通状态。与此同时，在主工作程序段首行中的控制触点 R0 闭合，主工作程序启动，并周期性地执行主工作程序。

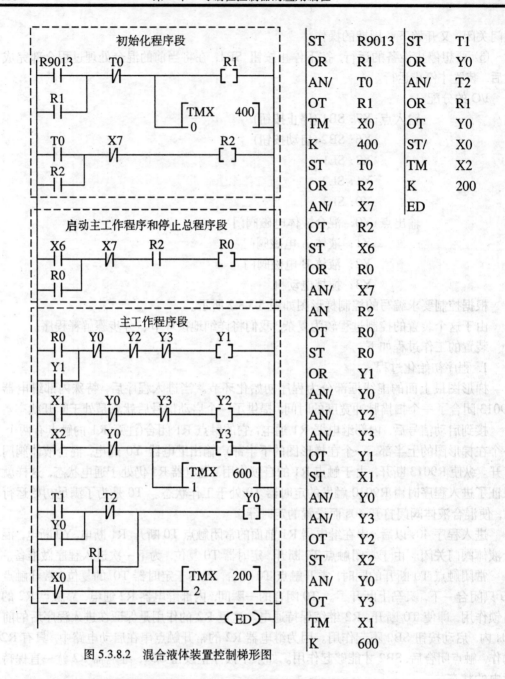

图 5.3.8.2　混合液体装置控制梯形图

3. 主工作程序执行过程

当 R0 闭合后, 输出继电器 Y1 通电, 液体 A 阀门打开, A 种液体流入罐内。在继电器 Y1 的前面串接了继电器 Y0、Y2 和 Y3 的常闭触点, 无论这些继电器中的哪一个动作, 都会将继电器 Y1 关断。

此时液面高度不断上升, 先淹没液面传感器 SL3, 触点 X0 闭合。当淹没液面传感器 SL2 时，控制触点 X1 闭合。X1 的闭合，使输出继电器 Y2 通电，继电器 Y2 通电导致了两个动作发生：串接在继电器 Y1 支路中的常闭触点 Y2 动作，将继电器 Y1 断电，液体 B 阀门关闭；继电器 Y2 通电使得液体 B 阀门打开，B 种液体流入罐中。

当液面上升至液面传感器 SL1 处时，控制触点 X2 闭合，输出继电器 Y3 通电，搅拌电动机启动旋转，并将定时器 T1 触发。在电动机启动的同时，串接在继电器 Y2 支路中的常闭触点 Y3 动作，将继电器 Y2 切断，液体 B 阀门关闭。

定时器 T1 延时 1min 后动作，控制触点 T1 闭合，输出继电器 Y0 通电，串接在 Y3 支路中的常闭触点 Y0 动作，将继电器 Y3 切断，电动机停转，混合液体阀门打开。

虽然当继电器 Y0 动作时，也同时将定时器 T1 复位，则控制触点 T1 断开。但由于 Y0 触点的自锁作用，即使 T1 只接通了一瞬间，输出继电器 Y0 仍能保持通电状态。混合液体阀门一直打开。

混合液体阀门开通后，罐中的混合液体源源不断地流出容器，液面不断下降导致了液面传感器 SL1 和 SL2 的触点由闭合状态变为断开状态。当液面下降至液面传感器 SL3 以下时，常闭控制触点 X0 动作，触发定时器 T2。此时继电器 Y0 仍保持通电状态。

20s 后，罐中液体放空，定时器 T2 动作，串接在继电器 Y0 前面的定时器 T2 常闭触点 T2 动作，将继电器 Y0 断开，混合液体阀门关闭。

这时继电器 Y0、Y2 和 Y3 都处于断开状态，串接在继电器 Y1 前面的三个常闭触点又都闭合，则 Y1 通电，液体 A 阀门打开，A 种液体流入灌中，又开始新一轮的操作。并周而复始地工作下去。

4. 停止运行过程

当按下停止按钮 SB1 后，工作过程并不能马上终止，根据工艺要求，一定要等全过程结束，即将容器中的液体全部放光后，才能停止运行。

从梯形图可以看出，当常闭控制触点 X7 断开后，初始化程序部分的内部继电器 R2 断电，导致了启动线路部分中的控制触点 R2 释放。R2 的释放切断了内部继电器 R0，梯形图中的所有 R0 触点释放。但程序并不能马上终止。这是因为只要 Y1 接通，它的自锁触点就开始起作用，即使这时将 R0 断开，Y1 仍能保持通电状态。所以程序能够继续执行下去。但当程序进行到 Y2 通电时，就将继电器 Y1 断电，自锁触点 Y1 释放，这时才将 Y1 支路彻底切断。

以下过程能够继续进行是由于下面一段程序的控制只和液面传感器的触点闭合有关，而和 R0 和 Y1 的断开与否无关。当程序执行到最后，将罐中的液体全部放光，继电器 Y0 断电，混合液体阀门关闭后，程序再次运行到主工作程序段的首行时，控制触点 R0 和 Y1 全都断开，这才使得循环过程终止。若要再次启动设备，须重新启动程序，只按下启动按钮是不起作用的。

从梯形图我们可以看出，整个程序是由三部分组成的。每一部分都用虚线框了起来。在设计程序时，根据工艺要求，将程序按功能分成几部分，分别进行设计，每部分的程序都成为一个相对独立的模块。当每一个模块设计完成之后，再用一些相关的触点将它们连接起来，成为一个连贯的程序。这就是程序的模块化设计。这也是当前可编程控制器程序设计的主流和方向。

九、智能控制

下面设计一个特别有趣的程序。当程序运行时,可编程控制器好像有智能一样,如果你操作一个开关控制一台电动机的起停,它能够记忆下刚才你所做的一切,并马上能够重复刚才电动机运行的全过程!

电路的控制部件如下:

示教开关 S1;操作开关 S0;重复运行开关 S2;单次运行开关 S3;交流接触器 KM;指示灯 LAMP 。

控制要求:

程序运行时,将示教开关 S1 闭合,闭合和断开操作开关 S0 启动和停止电动机数次(开关闭合、断开的时间和次数不限),然后断开示教开关 S1,如果闭合单次运行开关 S3,可编程控制器将刚才示教的全过程重复执行一遍并将指示灯点亮后停止运行。若闭合重复运行开关 S2,可编程控制器将重复运行示教过程,直到将开关 S2 断开为止。

I/O 的分配:

输入点:X0: S0 (操作开关)

X1: S1 (示教开关)

X2: S2 (重复演示运行开关)

X3: S3 (单次演示运行开关)

输出点:Y0: KM (交流接触器)

Y1: LAMP (指示灯)

分析控制要求可知,在示教过程中,开关 S0 每次闭合和断开的时间(即电动机启动旋转和停止旋转的时间)能够分别被记忆下来。同时也要将开关闭合和断开的次数记忆下来。而且这些数据应有序地存放在特定的存储区域里。

当示教过程结束后,程序应能将存储的数据按着顺序取出来,分别把前面的示教过程准确无误地重新演示出来。

根据控制要求,我们将按四个过程、两个模块来设计控制程序。这四个过程是:

- 程序的初始化过程;
- 示教记忆过程;
- 重复运行和单次运行过程;
- 退出运行过程。

两个模块是:

- 示教记忆模块;
- 重复演示模块。

为了分析方便,分别画出了两个模块的控制梯形图,并在图中标出了指令的地址号,以便识别两段程序的连接。示教模块的梯形图见图 5.3.9.1 所示。

为了能够记忆时间,在程序中使用了两个可逆计数器 F118,一个专门记忆电动机旋转运行的时间,另一个用来记忆电动机停止运行的时间。可逆计数器的加/减计数控制端同内部特殊常闭继电器 R9010 接在一起。这样保持计数器总处于加计数状态。计数器的计数脉冲输入端连接内部特殊 0.1s 时间脉冲继电器，向计数器提供时间周期固定的脉冲信号，计数器记录下的脉冲个数实际上也就是记忆下了时间。两个计数器按互锁的方式连接，当一个计数器工作时，迫使另一个计数器停止工作。

该程序中，位于地址 48 处的计数器是用来记忆电动机停转时间的；位于地址 64

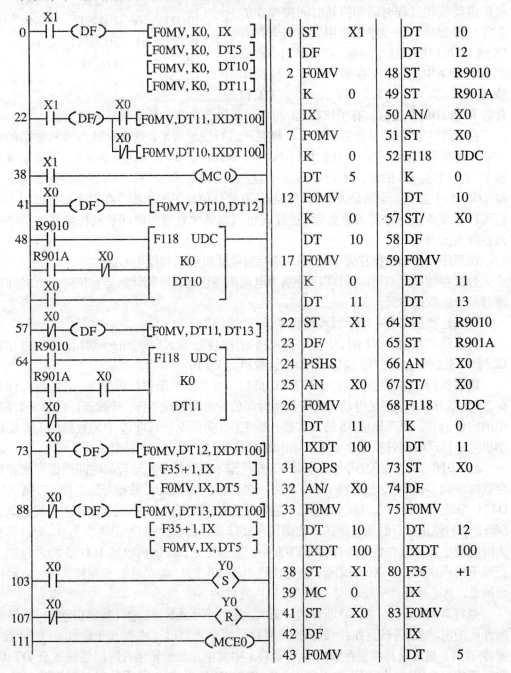

图 5.3.9.1　示教模块梯形图

处的计数器是用来记忆电动机启动旋转过程时间的。当控制触点 X0 闭合，电动机处于旋转状态，当 X0 断开时，电动机处于停转状态。

88	ST/	X0		IX	
89	DF			DT	5
90	F0MV		103	ST	X0
	DT	13	104	SET	Y0
	IXDT	100	107	ST/	X0
95	F35	+1	108	RST	Y0
	IX		111	MCE	0
98	F0MV				

另一个要解决的问题是如何将每次电动机的启动旋转过程时间和停转时间按操作的顺序储存起来。在程序中使用的索引寄存器 IX 或 IY 可以解决这个问题。在高级指令和一些基本指令中，索引寄存器可用作其他操作数 (WX、WY、WR、SV、EV、DT 和常数 K 和 H)的修正值。有了该功能，可用一条指令代替多条指令来实现控制。

在程序中使用索引寄存器可以在数据区进行变址寻址，这样存放和读取数据的方式就变得非常灵活。例如当我们执行[F0MV, DT11, IXDT100]这条指令时，若索引寄存器 IX 的内容为 K5 的话，指令执行过后，就把数据寄存器 DT11 的内容传送到数据寄存器 DT105 中去了。也就是说索引寄存器具有地址值修正的功能。在程序运行过程中我们可以改变索引寄存器的数据值，这样就可以将需要处理的时间数据按操作的顺序排放在数据区内。

在程序中使用数据存储单元 DT5 来存放电动机启动和停止的次数。

数据存储单元 DT10 和 DT11 分别为电动机停止运行时间计数器和旋转运行时间计数器的计数数据单元。

下面让我们来看一下示教模块程序运行的过程。

首先将示教触点 X1 闭合，程序进入初始化过程。当 X1 闭合的一瞬间，索引寄存器 IX 清零；数据寄存器 DT5 清零；计数器计数单元 DT10、DT11 清零。

接着执行在主控继电器指令对 ME0 和 MCE0 之间的示教过程程序。若此时操作开关 X0 为断开状态，记忆电动机旋转过程时间的计数器停止工作，计数器计数单元 DT11 中的内容为 0。位于地址 48 的计数器开始工作，每隔 0.1s，DT10 中的数据加 1。将电动机停止转动时间过程记忆下来。输出继电器 Y0 置 0，电动机停转。

当 X0 闭合时，在 X0 闭合的一瞬间，先将刚才电动机停止运行的时间数据存放在暂存数据单元 DT12 中，然后将 DT10 清零。位于地址 64 处的计数器开始工作，每隔 0.1s，DT11 中的数据加 1。将电动机启动旋转过程的时间记忆下来。接着将暂存数据单元 DT12 中的停止运行时间数据送入数据区存放起来。由于此时 IX 的内容为 0，所以第一个时间数据被存放在数据寄存器 DT100 中。在这之后，IX 的内容加 1，DT5 的内容加 1，记录下第一次操作。X0 的闭合，使输出继电器 Y0 置 1，电动机处于旋转状态。需要指出的是，上述过程几乎是在同一扫描周期内完成的。

当将 X0 断开时。在 X0 断开的一瞬间，先将位于地址 48 的计数器启动，再将开关断开前的电动机旋转运行时间数据送至暂存数据单元 DT13，关掉位于地址 64 的计数器，并将 DT11 清零。再将暂存数据单元 DT13 中的电动机旋转运行时间数据送至 DT101 单元存放起来(因为此时 IX 的内容为 1)，接着 IX 的内容加 1，次数寄存器 DT5 的内容加 1。输出继电器 Y0 置 0，电动机停止旋转。

　　如果多次闭合和断开 X0，电动机的停止运行时间和旋转运行时间数据就按操作的顺序从 DT100 开始依次存放在数据区内。DT5 则记录下了触点 X0 闭合和断开的次数。

　　欲想结束示教过程，将触点 X1 断开。当 X1 断开的一瞬间，将最后一次运行的时间数据送到数据区去。至于是电动机停止运行的时间数据还是电动机旋转运行的时间数据要视在断开 X1 之前 X0 处于什么状态而定。

　　以上是示教模块程序运行的过程。

　　图 5.3.9.2 给出了重复演示模块的梯形图程序。

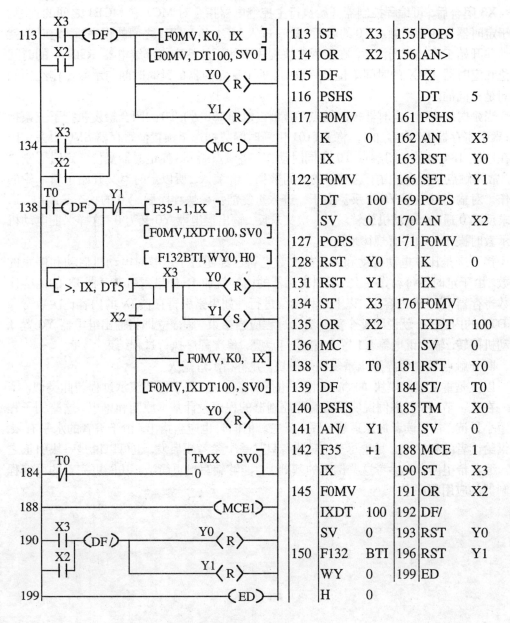

图 5.3.9.2　重复演示模块梯形图

重复演示模块程序的功能是将示教过程对电动机的操作重新演示出来。下面让我们来分析重复演示模块程序执行的过程。

将触点 X1 断开以后，可编程控制器退出示教模块程序。这时无论闭合 X2 还是 X3，程序都将进入重复演示模块。下面我们将就 X3 闭合后的情况进行分析，至于 X2 闭合后程序运行的情况，在理解了 X3 闭合时的控制过程之后，读者不难自行分析。

当 X3 闭合后的一瞬间，程序先将索引寄存器清零，再将数据寄存器 DT100 中的第一个时间数据送入定时器 T0 的预置值寄存器 SV0 中去。输出继电器 Y0 、 Y1 断电，使电动机停转。这段程序是做进入重复演示模块程序之前的初始化工作。

X3 闭合后，可编程控制器开始执行主控继电器指令对 MC1 和 MCE1 之间的程序。由于定时器接在常闭触点 T0 的后面，故一进入 MC1 和 MCE1 之间的程序后，定时器就启动并开始工作。应当注意，在示教模块程序中使用的特殊内部继电器 R901A 的时间单位和定时器 TMX 的时间单位是一致的。所以，定时器的延时时间与示教操作经历的时间是相同的。

当延时结束时，定时器控制触点 T0 动作(地址 138 处)，T0 的闭合触发执行了三条指令：索引寄存器 IX 内容加 1，将 DT101 中新时间数据送至预置值寄存器 SV0 中去。由于在地址 184 处的常闭触点 T0 也同时动作，将触点断开，使定时器复位。定时器刚复位，常闭触点又闭合，由于这时新的时间数据已经装入，所以定时器又开始了新一轮的工作，对输出继电器 Y0 求反。由于一进入重复演示模块程序后，Y0 的状态是断电，通过求反，Y0 通电，电动机旋转。下一次又求反，输出继电器 Y0 又为 0，这样保证电动机按示教时操作的顺序有规律地启停。

接下来是比较电动机动和停止的次数是否已经超过了示教时电动机启动和停止的次数，由于定时器每动作一次，索引寄存器的内容就加 1，如果索引寄存器 IX 的内容比次数寄存器 DT5 的内容少，以上过程继续进行。如果索引寄存器 IX 的内容比次数寄存器 DT5 的内容多，就说明整个重复演示过程应当结束。程序立即将输出继电器 Y0 置 0，电动机停转，输出继电器 Y1 置 1，指示灯点亮，单次程序执行过程结束。

断开触点 X3，程序退出重复演示模块，并将指示灯熄灭。

以上是重复演示模块单次演示程序执行的全过程，至于循环演示过程与此类似。

在这一节，我们举例说明了可编程控制器的程序设计基本原则和思想。这些例子程序短小易读，希望读者加深理解，举一反三。但同时也应当指出，由于编者的水平有限，提供给读者的程序未必尽善尽美。对读者只是一个参考或启发，也可以说是一块引玉之砖。编者希望读者在参考这些例子的基础上，能够编写出更简洁、功能更完善的可编程控制器的应用程序来。

附　录

附录一　指令表

■　**基本指令**

1. 基本顺序控制指令

指　令		功　能　概　要	步	型　号		
名　称	编程符号			C14/C16	C24/C40	C56/C72
Start	ST	用 A 接点(常开)开始逻辑运算的指令	1	√	√	√
Start not	ST/	用 B 接点(常闭)开始逻辑运算的指令	1	√	√	√
Out	OT	输出运算结果到指定的 I/O	1	√	√	√
Not	/	将到指令的运算结果 bit 取反	1	√	√	√
AND	AN	串接 Form A(常开)接点	1	√	√	√
AND NOT	AN/	串接 Form B(常闭)接点	1	√	√	√
OR	OR	并接 Form A(常开)接点	1	√	√	√
OR NOT	OR/	并接 Form B(常闭)接点	1	√	√	√
AND stacks	ANS	完成多指令块的与操作	1	√	√	√
OR stack	ORS	完成多指令块的或操作	1	√	√	√
Push stack	PSHS	存储运算结果	1	√	√	√
Read stack	RDS	读由 PSHS(压栈)指令存储的运算结果	1	√	√	√
Pop stack	POPS	读并复位由 PSHS(压栈)指令存储的运算结果	1	√	√	√
Keep	KP	接通输出并保持其状态	1	√	√	√
Set	SET	保持接点 ON	3	√	√	√
Reset	RST	保持接点 OFF	3	√	√	√
上升沿微分	DF	只在检出信号上升沿使接点 ON1 个扫描周期	1	√	√	√
下降沿微分	DF/	只在检出信号下降沿使接点 ON1 个扫描周期	1	√	√	√
Nop	NOP	空操作	1	√	√	√

2. 基本功能指令

指　令		功　能　概　要	步	型　号		
名　称	编程符号			C14/C16	C24/C40	C56/C72
0.01s timer	TMR	延迟 0.01s 单位接通定时器	3	√	√	√
0.1s timer	TMX	延迟 0.1s 单位接通定时器	3	√	√	√
1.0s timer	TMY	延迟 1s 单位接通定时器	4	√	√	√
辅助定时器	F137	延迟 0.01s 单位接通定时器 (F137)	5			√
counter	CT	减计数器	3	√	√	√

移位寄存器	SR	移位寄存器(左移)	1	√	√	√
up-down counter	UDC	加/减计数器(F118)	5	√	√	√
左/右移位寄存器	LRSR	左右位移位寄存器(F119)	5	√	√	√

3. 控制指令

指 令		功 能 概 要		型 号		
名 称	编程符号		步	C14/C16	C24/C40	C56/C72
主控继电器起始	MC	当预设定的触发器接通时,执行 MC 至 MCE 间的指令	2	√	√	√
主控继电器结束	MCE		2	√	√	√
Jump	JP	当预设定的触发器接通时,执行跳转指令到指定的标号	2	√	√	√
Loop	LOOP	跳转到具有相同编号的标号上并反复执行它,直到指定操作数的数据变成 0 时为止	4	√	√	√
Label	LBL	执行 JP 、F19 和 LOOP 指令用的标号	1	√	√	√
END	ED	主扫描终结指令	1	√	√	√
条件终结	CNDE	当所定的条件 ON 时结束一次扫描	1	√	√	√

4. 步进指令

指 令		功 能 概 要		型 号		
名 称	编程符号		步	C14/C16	C24/C40	C56/C72
Net Step	NSTP	当检测到触发器(I/O)的上升沿时, 开始步进过程并复位本身含有指令的过程	3		√	√
下步进类型	NSTL	当触发器接通时, 开始步进过程并复位; 本身含有指令的过程	3	√	√	√
Start Step	SSTP	表示步进过程的开始	3	√	√	√
Clear Step	CSTP	复位指定的过程	3	√	√	√
Step End	STPE	退出步进	3	√	√	√

5. 子程序指令

指 令		功 能 概 要		型 号		
名 称	编程符号		步	C14/C16	C24/C40	C56/C72
子程序调用	CALL	转移指令控制到特殊子程序	2	√	√	√
子程序引入	SUB	子程序起始	1	√	√	√

子程序结束	RET	子程序结束回到主程序	1	√	√	√

6. 中断指令

指　　　令		功　能　概　要		型　　　号		
名　称	编程符号		步	C14/C16	C24/C40	C56/C72
中断控制	ICTL	确定中断	5		√	√
中断	INT	中断程序起始	1		√	√
中断结束	IRET	中断程序结束回到主程序	1		√	√

7. 比较指令

指　　　令			功　能　概　要		型　　　号		
名　　称	编程符号	运算量		步	C14/C16	C24/C40	C56/C72
字相等 START	ST=	S1, S2	执行一个 START、AND 或 OR 操作,执行条件由两个字的比较结果产生	5		√	√
字相等 AND	AN=	S1, S2	ON：S1=S2	5		√	√
字相等 OR	OR=	S1, S2	OFF：S1 ≠ S2	5		√	√
字不相等 START	ST<>	S1, S2	执行一个 START、AND 或 OR 操作,执行条件由两个字的比较结果产生	5		√	√
字不相等 AND	AN<>	S1, S2	ON：S1 ≠ S2	5		√	√
字不相等 OR	OR<>	S1, S2	OFF：S1=S2	5		√	√
字大于 START	ST>	S1, S2	执行一个 START、AND 或 OR 操作,执行条件由两个字的比较结果产生	5		√	√
字大于 AND	AN>	S1, S2	ON：S1>S2	5		√	√
字大于 OR	OR>	S1, S2	OFF：S1 ≤ S2	5		√	√
字大于等于 START	ST>=	S1, S2	执行一个 START、AND 或 OR 操作,执行条件由两个字的比较结果产生	5		√	√
字大于等于 AND	AN>=	S1, S2	ON：S1 ≥ S2	5		√	√
字大于等于 OR	OR>=	S1, S2	OFF：S1<S2	5		√	√

字小于 START	ST<	S1, S2	执行一个 START 、AND 或 OR 操作,执行条件由两个字的比较结果产生	5		√	√
字小于 AND	AN<	S1, S2	ON： S1<S2	5		√	√
字小于 OR	OR<	S1, S2	OFF： S1≥ S2	5		√	√
字小于等于 START	ST<=	S1, S2	执行一个 START 、AND 或 OR 操作,执行条件由两个字的比较结果产生	5		√	√
字小于等于 AND	AN<=	S1, S2	ON： S1 ≤S2	5		√	√
字小于等于 OR	OR<=	S1, S2	OFF： S1>S2	5		√	√
双字相等 START	STD=	S1, S2	执行一个 START 、AND 或 OR 操作,执行条件由两个字的比较结果产生	9		√	√
双字相等 AND	AND=	S1, S2	ON： (S1+1,S1) = (S2+1,S2)	9		√	√
双字相等 OR	ORD=	S1, S2	OFF： (S1+1,S1)≠(S2+1,S2)	9		√	√
双字不等 START	STD<>	S!, S2	执行一个 START 、AND 或 OR 操作,执行条件由两个字的比较结果产生	9		√	√
双字不等 AND	AND<>	S1, S2	ON： (S1+1,S1)≠(S2+1,S2)	9		√	√
双字不等 OR	ORD<>	S1, S2	OFF： (S1+1,S1) = (S2+1,S2)	9		√	√
双字大于 START	STD>	S1, S2	执行一个 START 、AND 或 OR 操作,执行条件由两个字的比较结果产生	9		√	√
双字大于 AND	AND>	S1, S2	ON： (S1+1,S1)>(S2+1,S2)	9		√	√
双字大于 OR	ORD>	S1, S2	OFF： (S1+1,S1) ≤(S2+1,S2)	9		√	√
双字大于等于 START	STD>=	S1, S2	执行一个 START 、AND 或 OR 操作,执行条件由两个字的比较结果产生	9		√	√
双字大于等于 AND	AND>=	S1, S2	ON： (S1+1,S1)≥ (S2+1,S2)	9		√	√
双字大于等于 OR	ORD>=	S1, S2	OFF： (S1+1,S1)<(S2+1,S2)	9		√	√

双字小于 START	STD<	S1, S2	执行一个 START、AND 或 OR 操作，执行条件由两个字的比较结果产生	9		√	√
双字小于 AND	AND<	S1, S2	ON：(S1+1,S1)<(S2+1,S2)	9		√	√
双字小于 OR	ORD<	S1, S2	OFF：(S+1,S1)≥(S2+1,S2)	9		√	√
双字小于等于 START	STD<=	S1, S2	执行一个 START、AND 或 OR 操作，执行条件由两个字的比较结果产生	9		√	√
双字小于等于 AND	AND<=	S1, S2	ON：(S1+1,S1)≤(S2+1,S2)	9		√	√
双字小于等于 OR	ORD<=	S1, S2	OFF：(S+1,S1)>(S2+1,S2)	9		√	√

■ 高级指令

1. 数据传输指令

| 指　　令 | | | 功　能　概　要 | | 型　　　　号 | | |
序号	助记符	运算符		步	C14/C16	C24/C40	C56/C72
F0	MV	S,D	16 位数据传送	5	√	√	√
F1	DMV	S,D	32 位数据传送	7	√	√	√
F2	MV/	S,D	16 位数据取反传送	5	√	√	√
F3	DMV/	S,D	32 位数据取反传送	7	√	√	√
F5	BTM	S,N,D	位数据传送	7	√	√	√
F6	DGT	S,N,D	16 进制数字传送	7	√	√	√
F10	BKMV	S1,S2,D	块移动	7	√	√	√
F11	COPY	S1,D1,D2	块拷贝	7	√	√	√
F15	XCH	D1,D2	16 位数据交换	5	√	√	√
F16	DXCH	D1,D2	32 位数据交换	5	√	√	√
F17	SWAP	D	16 位数据中的高/低字节交换	3	√	√	√

2. BIN 运算指令

| 指　　令 | | | 功　能　概　要 | | 型　　　　号 | | |
序号	助记符	运算符		步	C14/C16	C24/C40	C56/C72
F20	+	S,D	16 位数据[D+S → D]	5	√	√	√
F21	D+	S,D	32 位数据[(D+1,D)+(S+1,S)→(D+1,D)]	7	√	√	√
F22	+	S1,S2,D	16 位数据[S1+S2 → D]	7	√	√	√

F23	D+	S1,S2,D	32 位数据[(S1+1,S1)+(S2+1,S2)→(D+1,D)]	11	√	√	√
F25	–	S,D	16 位数据[D-S → D]	5	√	√	√
F26	D-	S,D	32 位数据[(D+1,D)-(S+1,S)→(D+1,D)]	7	√	√	√
F27	–	S1,S2,D	16 位数据[S1-S2 → D]	7	√	√	√
F28	D-	S1,S2,D	32 位数据[(S1+1,S1)-(S2+1,S2)→(D+1,D)]	11	√	√	√
F30	*	S1,S2,D	16 位数据[S1*S2 →(D +1,D)]	7	√	√	√
F31	D*	S1,S2,D	32 位数据[(S1+1,S1)*(S2+1,S2)→(D+3,D+2,D+1,D)]	11		√	√
F32	%	S1,S2,D	16 位数据[(S1/S2 → D...(DT9015)]	7	√	√	√
F33	D%	S1,S2,D	32 位数据[(S1+1,S1)/(S2+1,S2)→(D+1,D)...(DT9016,DT9015)]	11		√	√
F35	+1	D	16 位数据加 1[D+1 → D]	3	√	√	√
F36	D+1	D	32 位数据加 1[(D+1,D)+1 →(D+1,D)]	3	√	√	√
F37	-1	D	16 位数据减 1[D-1 → D]	3	√	√	√
F38	D-1	D	32 位数据减 1[(D-1,D)-1 →(D-1,D)]	3	√	√	√

3. BCD 运算指令

指 令			功 能 概 要		型 号		
序号	助记符	运算符		步	C14/C16	C24/C40	C56/C72
F40	B+	S,D	4-digit BCD 数据[D+S → D]	5	√	√	√
F41	DB+	S,D	8-digit BCD 数据[(D+1,D)+(S+1,S)→(D+1,D)]	7	√	√	√
F42	B+	S1,S2,D	4-digit BCD 数据[S1+S2 → D]	7	√	√	√
F43	DB+	S1,S2,D	8-digit BCD 数据[(S1+1,S1)+(S2+1,S2)→(D+1,D)]	11	√	√	√
F45	B-	S,D	4-digit BCD 数据[D-S → D]	5	√	√	√
F46	DB-	S,D	8-digit BCD 数据[(D+1,D)-(S+1,S)→(D+1,D)]	7	√	√	√
F47	B-	S1,S2,D	4-digit BCD 数据[S1-S2 → D]	7	√	√	√
F48	DB-	S1,S2,D	8-digit BCD 数据[(S1+1,S1)-(S2+1,S2)→(D+1,D)]	11	√	√	√
F50	B*	S1,S2,D	4-digit BCD 数据[S1*S2 →(D+1,D)]	7	√	√	√
F51	DB*	S1,S2,D	8-digit BCD 数据[(S1+1,S1)*(S2+1,S2)→(D+3,D+2,D+1,D)]	11		√	√

序号	助记符	运算符	功能概要	步	C14/C16	C24/C40	C56/C72
F52	B%	S1,S2,D	4-digit BCD 数据[S1/S2 → D...(DT9015)]	7	√	√	√
F53	DB%	S1,S2,D	8-digit BCD 数据[(S1+1,S1)/(S2+1,S2)→(D+1,D)...(DT9016,DT9015)]	11		√	√
F55	B+1	D	4-digit BCD 数据加 1[D+1,D]	3	√	√	√
F56	DB+1	D	8-digit BCD 数据加 1[(D+1,D)+1 → (D+1,D)]	3	√	√	√
F57	B-1	D	4-digit BCD 数据减 1[D-1,D]	3	√	√	√
F58	DB-1	D	8-digit BCD 数据减 1[(D-1,D)+1 → (D-1,D)]	3	√	√	√

4. 数据比较指令

指　　令			功　能　概　要		型　　号		
序　号	助记符	运算符		步	C14/C16	C24/C40	C56/C72
F60	CMP	S1,S2	16 位数据比较	5	√	√	√
F61	DCMP	S1,S2	32 位数据比较	9	√	√	√
F62	WIN	S1,S2,S3	16 位数据段比较	7	√	√	√
F63	DWIN	S1,S2,S3	32 位数据段比较	13	√	√	√
F64	BCMP	S1,S2,S3	数据块比较	7	√	√	√

5. 逻辑操作指令

指　　令			功　能　概　要		型　　号		
序　号	助记符	运算符		步	C14/C16	C24/C40	C56/C72
F65	WAN	S1,S2,D	16 位数据 AND	7	√	√	√
F66	WOR	S1,S2,D	16 位数据 OR	7	√	√	√
F67	XOR	S1,S2,D	16 位数据异 OR	7	√	√	√
F68	XNR	S1,S2,D	16 位数据异 NOR	7	√	√	√

6. 数据变换指令

指　　令			功　能　概　要		型　　号		
序　号	助记符	运算符		步	C14/C16	C24/C40	C56/C72
F70	BCC	S1,S2,S3,D	数据块测试码计算	9		√	√
F71	HEXA	S1,S2,D	16 进制数据→ 16 进制 ASCII 码转换	7		√	√
F72	AHEX	S1,S2,D	16 进制 ASCII 码→ 16 进制数据转换	7		√	√
F73	BCDA	S1,S2,D	BCD 数据→ 16 进制 ASCII 码转换	7		√	√
F74	ABCD	S1,S2,D	16 进制 ASCII 码→ BCD 数据转换	9		√	√
F75	BINA	S1,S2,D	16 位二进制→ 16 进制 ASCII 码转换	7		√	√

序号	助记符	运算符	功 能 概 要	步	C14/C16	C24/C40	C56/C72
F76	ABIN	S1,S2,D	16 进制 ASCII 码→16 位数据转换	7		√	√
F77	DBIA	S1,S2,D	32 位二进制→16 进制 ASCII 码转换	11		√	√
F78	DABI	S1,S2,D	16 进制 ASCII 码→32 位数据转换	11		√	√
F80	BCD	S,D	16 位数据→4 位数字 BCD 数据转换	5	√	√	√
F81	BIN	S,D	4 位数字 BCD 数据→16 位数据转换	5	√	√	√
F82	DBCD	S,D	32 位数据→8 位数字 BCD 数据转换	7	√	√	√
F83	DBIN	S,D	8 位数字 BCD 数据→32 位数据转换	7	√	√	√
F84	INV	D	16 位数据的反转	3	√	√	√
F85	NEG	D	16 位数据取反加 1	3	√	√	√
F86	DNEG	D	32 位数据取反加 1	3	√	√	√
F87	ABS	D	16 位数据取绝对值	3	√	√	√
F88	DABS	D	32 位数据取绝对值	3	√	√	√
F89	EXT	D	位数的扩充	3	√	√	√
F90	DECO	S,N,D	解码	7	√	√	√
F91	SEGT	S,D	16 位数据七段显示解码	5	√	√	√
F92	ENCO	S,N,D	编码	7	√	√	√
F93	UNIT	S,N,D	16 位数据组合	7	√	√	√
F94	DIST	S,N,D	16 位数据分类	7	√	√	√
F95	ASC	S,D	字符- ASCII 码转换	15		√	√
F96	SRC	S1,S2,S3	表数据的搜寻	7	√	√	√

7. 数据移位指令

指　令			功 能 概 要		型　号		
序 号	助记符	运算符		步	C14/C16	C24/C40	C56/C72
F100	SHR	D,N	16 位数据的 n 位右移	5	√	√	√
F101	SHL	D,N	16 位数据的 n 位左移	5	√	√	√
F105	BSR	D	4 位 BCD 数据的 1 位数(4bit)右移	3	√	√	√
F106	BSL	D	4 位 BCD 数据的 1 位数(4bit)左移	3	√	√	√
F110	WSHR	D1,D2	将指定区域向右移 1 字(16bit)	5	√	√	√
F111	WSHL	D1,D2	将指定区域向左移 1 字(16bit)	5	√	√	√
F112	WBSR	D1,D2	将指定区域向右移 1 个 digit 单位(4bit)	5	√	√	√
F113	WBSL	D1,D2	将指定区域向左移 1 个 digit 单位(4bit)	5	√	√	√

8. 增/减计数器和左/右移位寄存器指令

指　令			功 能 概 要		型　号		
序 号	助记符	运算符		步	C14/C16	C24/C40	C56/C72

| F118 | UDC | S,D | 增/减计数器 | 5 | √ | √ | √ |
| F119 | LRSR | D1,D2 | 左/右移位寄存器 | 5 | √ | √ | √ |

9. 循环移位指令

指 令			功 能 概 要		型 号		
序号	助记符	运算符		步	C14/C16	C24/C40	C56/C72
F120	ROR	D,N	16 位数据右循环移位	5	√	√	√
F121	ROL	D,N	16 位数据左循环移位	5	√	√	√
F122	RCR	D,N	16 位数据右循环移位带进位标志	5	√	√	√
F123	RCL	D,N	16 位数据左循环移位带进位标志	5	√	√	√

10. 位控制指令

指 令			功 能 概 要		型 号		
序号	助记符	运算符		步	C14/C16	C24/C40	C56/C72
F130	BST	D,N	16 位数据位设定	5	√	√	√
F131	BTR	D,N	16 位数据位复位	5	√	√	√
F132	BTI	D,N	16 位数据位反转	5	√	√	√
F133	BTT	D,N	16 位数据位测试	5	√	√	√
F135	BCU	S,D	计算 16 位数据内"1"的个数	5	√	√	√
F136	DBCD	S,D	计算 32 位数据内"1"的个数	7	√	√	√

11. 附加定时器指令

指 令			功 能 概 要		型 号		
序号	助记符	运算符		步	C14/C16	C24/C40	C56/C72
F137	STMR	S,D	附加定时器	5			√

12. 特殊指令

指 令			功 能 概 要		型 号		
序号	助记符	运算符		步	C14/C16	C24/C40	C56/C72
F138	HMSS	S,D	时/分/秒数据→秒数据	5		√	√
F139	SHMS	S,D	秒→时/分/秒数据	5		√	√
F140	STC	—	进位标志设定(R9009)	1		√	√
F141	CLC	—	进位标志复位(R9009)	1		√	√
F143	IORF	D1,D2	部分 I/O 的更新	5		√	√
F144	TRNS	S,N	串行通讯	5		√	√
F147	PR	S,D	打印输出	5		√	√
F148	ERR	N	自诊断错误的设定	3		√	√

F149	MSG	S	信息显示	13		√	√
F157	CADD	S1,S2,D	时钟/日历的累加	9		√	√
F158	CSUB	S1,S2,D	时钟/日历的递减	9		√	√

13. 高速计数器特殊指令

指　令			功　能　概　要	步	型　　号		
序　号	助记符	运算符			C14/C16	C24/C40	C56/C72
F0	MV	S,DT9052	高速计数器控制	5	√	√	√
F1	DMV	S,DT9044	将高速计数器的经过值写入数据暂存器	7	√	√	√
F1	DMV	DT9044,D	将高速计数器的经过值读出数据暂存器	7	√	√	√
F162	HCOS	S,Yn	目标一致 ON 指令	7	√	√	√
F163	HCOR	S,Yn	目标一致 OFF 指令	7	√	√	√
F164	SPDO	S	速度控制	3	√	√	√
F165	CAMO	S	凸轮控制	3	√	√	√

附录二 特殊内部继电器表

特殊内部继电器表

字地址	位地址	名　称	说　　　　明	C14/C16	C24/C56	C40/C72
R900	R9000	自诊断错误标志	当自诊断错误发生时 ON；自诊断错误代码存在 DT9000 中	√		
	R9005	电池错误标志（非保持）	当电池错误发生时瞬间接通			
	R9006	电池错误标志（保持）	当电池错误发生时接通且保持此状态			
	R9007	操作错误标志（保持）	当操作错误发生时接通且保持此状态；错误地址放在 DT9017（见注）			
	R9008	操作错误标志（非保持）	当操作错误发生时瞬间接通；错误地址放在 DT9018（见注）			
	R9009	进位标志	瞬间接通；当出现溢出时；当移位指令之一被置"1"时；也可用于数据比较指令[F60/F61]的标志			
	R900A	〉标志	在数据比较指令[F60/F61]中当 S1>S2 时；瞬间接通(参考 F60 和 F61 指令的说明)			
	R900B	＝标志	在数据比较指令[F60/F61]中当 S1=S2 时；瞬间接通(参考 F60 和 F61 指令的说明)		√	
	R900C	〈标志	在数据比较指令[F60/F61]中当 S1<S2 时；瞬间接通(参考 F60 和 F61 指令的说明)	√		
	R900E	RS422 错误标志	当 RS422 错误发生时接通			
	R900F	扫描常数错误标志	当扫描常数错误发生时接通			
R901	R9010	常闭继电器	常闭			
	R9011	常开继电器	常开			
	R9012	扫描脉冲继电器	每次扫描交替开闭			
	R9013	初始闭合继电器	只在运行中第一次扫描时合上，从第二次扫描开始断开并保持打开状态			
	R9014	初始断开继电器	只在运行中第一次扫描时打开，从第二次扫描开始闭合且保持闭合状态			

R901	R9015	步进开始时闭合的继电器	仅在开始执行步进指令(SSTP)的第一扫描到来瞬间合上; 只能用于步进指令,在步进程序中用于在适当的时间执行 NSTP 指令,参见关于 SSTP 指令的说明		√
	R9018	0.01 s 时钟脉冲继电器	以 0.01s 为周期重复通/断动作 (ON : OFF=0.005 s : 0.005 s)		
	R9019	0.02 s 时钟脉冲继电器	以 0.02s 为周期重复通/断动作 (ON : OFF = 0.01 s : 0.01 s)		
	R901A	0.1 s 时钟脉冲继电器	以 0.1s 为周期重复通/断动作 (ON : OFF = 0.05 s : 0.05 s)	√	
	R901B	0.2 s 时钟脉冲继电器	以 0.2s 为周期重复通/断动作 (ON : OFF = 0.1 s : 0.1 s)		
	R901C	1 s 时钟脉冲继电器	以 1s 为周期重复通/断动作 (ON : OFF = 0.5 s : 0.5 s)		
	R901D	2 s 时钟脉冲继电器	以 2s 为周期重复通/断动作 (ON : OFF = 1 s : 1 s)		
	R901E	1 分钟时钟脉冲继电器	以 1 分钟为周期重复通/断动作 (ON : OFF = 30 s : 30 s)		
R902	R9020	运行方式标志	当 PLC 方式置为 " RUN " 时合上		
	R9026	信息标志	当信息显示指令执行时合上		
	R9027	远程方式标志	当方式选择开关置为 " REMOTE " 时合上	√	
	R9029	强制标志	在强制通/断操作期间合上		
	R902A	中断标志	当允许外部中断时合上(参见 ICTL 指令说明)		
	R902B	中断错误标志	当中断错误发生时合上		
R903	R9032	RS232C 口选择标志	在系统寄存器 No.412 中当 RS232C 口被置为 GENERAL (K2) 时合上		*√ (见注)
	R9033	打印/输出标志	当打印/输出指令[F147]执行时合上(参见 F147 指令说明)		√
	R9036	I/O 链接错误标志	当 I/O 链接错误发生时合上		√
	R9037	RS232C 错误标志	当 RS232C 错误发生时合上		*√ (见注)
	R9038	RS232C 发送标志(F144)	当 PLC 使用串行通讯指令(F144)接收到结束符时该接点闭合		

	R9039	RS232C 发送标志(F144)	当数据由串行通讯指令(F144)发送完毕时合上[F144]； 当数据正被串行通讯指令(F144)发送完毕时接点断开； 参见 F144 指令说明（见注）		*√ (见注)
R903	R903A	高速计数器控制标志	当高速计数器被 F162 、F163 、F164 和 F165 指令控制时合上； 参见 F162 、F163 、F164 和 F165 (高速计数器控制) 指令的说明	√	√
	R903B	凸轮控制标志	当凸轮控制指令[F165]被执行时合上； 参见 F165 指令说明		

注：只有 C24 、C40 、C56C 和 C72C 类型可用 。

附录三 特殊数据寄存器表

特殊数据寄存器表

地 址	名 称	说 明	C14/ C24/ C56/ C16 C40 C72
DT9000	自诊断错误代码寄存器	当自诊断错误发生时, 错误代码存入 DT9000	
DT9014	辅助寄存器 (用于 F105 和 F106 指令)	当执行 F105 或 F106 指令时, 移出的 16 进制数据位被存贮在该寄存器十六进制位置 0 (即 bit 0-3) 处 (参考 F105 和 F106 指令的说明)	
DT9015	辅助寄存器 (用于 F32 、 F33 、 F52 和 F53 指令)	当执行 F32 或 F52 指令时, 除得余数被存于 DT9015 中; 当执行 F33 或 F53 指令时, 除得余数低于 16-bit 存于 DT9015 中 (参考 F32 、 F52 、 F33 和 F53 指令的说明)	
DT9016	辅助寄存器 (用于 F33 和 F53 指令)	当执行 F33 或 F53 指令时, 除得余数高 bit 位存于 DT9016 中; 参考 F33 和 F53 指令的说明	√
DT9017	操作错误地址寄存器 (保持)	当操作错误被检测出来后, 操作错误地址存于 DT9017 中, 且保持其状态	
DT9018	操作错误地址寄存器 (非保持)	当操作错误被检测出来后, 最后的操作错误的最终地址存于 DT9018 中	
DT9019	2.5ms 振铃计数器寄存器	DT9019 中的数据每 2.5ms 增加 1, 通过计算时间差值可用来确定某些过程的经过时间	
DT9022	扫描时间寄存器 (当前值)	当前扫描时间存于 D9022, 扫描时间可用下式计算 扫描时间 (ms) = 数据 × 0.1 (ms)	
DT9023	扫描时间寄存器 (最小值)	最小扫描时间存于 D9023, 扫描时间可用下式计算 扫描时间 (ms) = 数据 × 0.1 (ms)	
DT9024	扫描时间寄存器 (最大值)	最大扫描时间存于 D9024, 扫描时间可用下式计算 扫描时间 (ms) = 数据 × 0.1 (ms)	

注: 特殊数据寄存器 DT9017 和 DT9018 只可用于带 2.7 以上 CPU 版本的 FP1 机 (所有型号中后级带 "B" 的 FP1 均有此功能)。

地 址	名 称	说 明	C14/ C24/C56 C16 C40 C72
DT9025	中断屏蔽状态	中断屏蔽状态存于 DT9025 中, 可用于监视中断状态	

	寄存器	根据每一位的状态来判断屏蔽情况： 不允许中断：0， 允许中断 ：1； DT9025 每位的位置对应中断号码； 参考 ICTL 指令的说明		
DT9027	定时中断间隔 寄存器	定时中断间隔存于 DT9027 中，可用于监视定时中断间隔 用下式计算间隔：间隔 (ms) = 数据 × 10 (ms) 参考 ICLTL 指令说明		
DT9030	信息 0 寄存器	当执行 F149 指令时，指定信息的内容被存于 DT9030 、	√	
DT9031	信息 1 寄存器	DT9031 、 DT9033 、 DT9034 和 DT9035 中		
DT9032	信息 2 寄存器	参考 F149 指令的说明		
DT9033	信息 3 寄存器			
DT9034	信息 4 寄存器			
DT9035	信息 5 寄存器			
DT9037	工作寄存器 1 (用于 F96 指令)	当 F96 指令执行时，已找到的数据个数存于 DT9037 中 参考 F96 指令说明	√	
DT9038	工作寄存器 2 (用于 F96 指令)	当执行 F96 指令时，所找到的第一个数据的地址与 S2 所 指定的数据区首地址之间的相对地址存放在 DT9038 中 参考 F96 指令说明		
DT9040	手动拨盘寄存器 (V0)	电位器的值(V0 、 V1 、 V2 和 V3)存于： - C14 和 C16 系列 V0：V0 DT9040	√	√
DT9041	手动拨盘寄存器 (V1)	-C24 系列：V0 DT9040 V1 DT9041	√	
DT9042	手动拨盘寄存器 (V2)	-C40 、 C56 和 C72 V0 DT9040 系列： V1 DT9041	√ (仅	√
DT9043	手动拨盘寄存器 (V3)	V2 DT9042 V3 DT9043	C40 用)	
DT9044	高速计数器经过 值区(低 16 位)	高速计数器经过值低 16 位存于 DT9044		
DT9045	高速计数器经过 值区(高 16 位)	高速计数器经过值高 16 位存于 DT9045		
DT9046	高速计数器预置 值区(低 16 位)	高速计数器预置值低 16 位存于 DT9046	√	
DT9047	高速计数器预置 值区(高 16 位)	高速计数器预置值高 16 位存于 DT9047		
DT9052	高速计数器控制 寄存器	用于控制高速计数器工作 参考 F0(高速计数器控制)指令的说明		

DT9053	时钟/日历监视 寄存器	时钟/日历的时和分钟数据存于 DT9053，它只能用于监视数据	
DT9054	时钟/日历监视和 设置寄存器 (分/秒)	时钟/日历的数据存于 DT9054、DT9055、DT9056 和 DT9057 中。可用于设置和监视时钟/日历	
DT9055	时钟/日历监视和 设置寄存器 (日/时)	当用 F0 指令设置时钟/日历时，从 DT9058 的最高有效位 变为"1"开始，修订值有效	
DT9056	时钟/日历监视和 设置寄存器 (年/月)		*√ (见注)
DT9057	时钟/日历监视和 设置寄存器 (星期)		
DT9058	时钟/日历校准 寄存器	当 DT9058 的最低有效位置"1"时，时钟/日历可校准 如下： 　　当秒数据从 H00 到 H29 时：秒数据截断为 H00； 　　当秒数据从 H30 到 H59 时：秒数据截断为 H00, 分数据 加 1； 　　用 F0 指令执行的修正时钟/日历设定，当 DT9058 最高 有效位置"1"时，开始有效	
DT9059	通讯错误代码 寄存器	RS232C 口通讯代码存于 DT9059 高 8 位区，编程工具口 错误代码存于 DT9059 低 8 位区	*√ (见注)
DT9060	步进过程监视 寄存器 (过程号：0-15)	这些寄存器用于监视步进程序的执行情况 步进程序的执行监视如下：工作：1　停止：0 bit 0~15 → step 0~15	
DT9061	步进过程监视 寄存器 (过程号：16-31)	工作：1　停止：0 bit 0~15 → step 16~31	
DT9062	步进过程监视 寄存器 (过程号：32-47)	工作：1　停止：0 bit 0~15 → step32~47	
DT9063	步进过程监视 寄存器 (过程号：48-63)	工作：1　停止：0 bit 0~15 → step 48~63	√

DT9064	步进过程监视寄存器 (过程号：48 -63)	工作：1 停止：0 bit 0 ~ 15 → step 64 ~ 79	
DT9065	步进过程监视寄存器 (过程号：80 -95)	工作：1 停止：0 bit 0 ~ 15 → step 80 ~ 95	
DT9066	步进过程监视寄存器 (过程号：64 - 79)	工作：1 停止：0 bit 0 ~ 15 → step 96 ~ 111	√
DT9067	步进过程监视寄存器 (过程号：112-127)	工作：1 停止：0 bit 0 ~ 15 → step 112 ~ 127	

注：只有 C24C 、 C40C 、 C56C 和 C72C 类型可用 。

附录四 非键盘指令表(SC 键调出)

非键盘指令表（SC 键调出）

指 令 名 称		逻辑符	功能码	功能说明	
Leading edge differential	上升沿微分	DF	0	当输入条件 ON 时，使输出接点 ON 一个扫描周期	
Nooperation	空操作	NDF	1	空运行	
Koop	保持	KP	2	使接点成为置/复位式触发器	
Shift register	移位寄存器	SR	3	寄存器内容左移 bit	
Master control relay	主控继电器	MC	4	当输入条件 ON 时，执行 MC 到 MCE 间的指令	
Master control relay end	主控继电器结束	MCE	5		
Jump	跳转	JP	6	当输入条件 ON 时，跳转执行同一个编号 LBL 指令后面的指令	
Label	跳转标记	LBL	7	执行 JP 和 LOOP 指令时，标记跳转程序的起始位置	
Loop	循环跳转	LOOP	8	当输入条件 ON 时，且预定字节内容 ≠ 0 时，执行同一编号 LBL 指令后面的指令	
Push stack	推入堆栈	PSHS	9	存储运算结果	用于梯形图分枝处
Read stack	读出堆栈	RDS	A	读出由 PSHS 指令存储的运算结果	
Pop stack	弹出堆栈	POPS	B	读出由 PSHS 指令存储的运算结果并复位	
Start step	步进开始	SSTP	C	标记步进"n"的起始位置	
Nextstep(pulse)	步进转入(脉冲式)	NSTP	D	结束当前状态，转移到步进"n"	
Clear step	步进清除	CSTP	E	清除步进"n"	
End step	步进结束	STPE	F	步进区域的结束指令	
End	结束	ED	10	主程序结束	
Conditional end	条件结束	CNDE	11	当输入条件 ON 时，结束当前程序，开始下一个扫描周期	
Subroutine cali	调入程序	CALL	12	调入指定的子程序	
Subroutine entry	子程序入口	SUB	13	标记子程序的起始位置	
Subroutine return	子程序返回	RET	14	由子程序返回原主程序	
Interrupt control	中断控制	ICTL	15	执行中断的控制命令	
Interrupt	中断入口	INT	16	标记中断处理程序的起始位置	

Interrupt program end	中断返回	IRET	17	中断处理程序返回原主程序
Break	断点	BRK	18	FP1 中无定义
Set	置位	SET	19	当输入条件 ON 时，使指定的输出为 ON，并保持其状态
Reset	复位	RST	1A	当输入条件 ON 时，使指定的输出为 OFF，并保持其状态
Next step (scan)	步进转入(扫描式)	NSTL	1B	FP1 中无定义

参 考 文 献

1　汪晓光,孙晓瑛,王艳丹编.可编程控制器原理及应用.北京:清华大学出版社,1994

2　陈金华编.可编程控制器(PC)应用技术.北京:电子工业出版社,1993

3　[日] 松下电工公司.可编程控制器(FP 系列)技术手册.

4　[日] 松下电工公司.可编程控制器(FP 系列)操作手册.

5　[日] 松下电工公司.可编程控制器(FP 系列)用户手册.

6　[日] 松下电工公司.Programmable Controller FP-M/FP1 Programming Manual.